BURN
How Grit, Innovation, and a Dash of
Luck Ignited a Multi-Million Dollar Success Story

我是追风人
从不等风来

[美] 徐梅 著

Editage意得辑 译

民主与建设出版社
·北京·

© 民主与建设出版社，2025

图书在版编目（CIP）数据

我是追风人　从不等风来 /（美）徐梅著；Editage 意得辑译. -- 北京：民主与建设出版社，2025.5.
ISBN 978-7-5139-4686-5

Ⅰ.I712.45

中国国家版本馆 CIP 数据核字第 2024HH6989 号

Burn: How Grit, Innovation, and a Dash of Luck Ignited a Multi-Million Dollar Success Story
Copyright: © 2021 John Wiley & Sons. All rights reserved.
Published by John Wiley & Sons, Inc., Hoboken, New Jersey.
Published simultaneously in Canada.

著作权合同登记号 图字：01-2025-1506

我是追风人　从不等风来
WO SHI ZHUIFENG REN CONGBU DENGFENG LAI

著　　者	［美］徐梅
译　　者	Editage 意得辑
责任编辑	周　艺
封面设计	水玉银文化
出版发行	民主与建设出版社有限责任公司
电　　话	（010）59417749　59419778
社　　址	北京市朝阳区宏泰东街远洋万和南区伍号公馆 4 层
邮　　编	100102
印　　刷	三河市宏图印务有限公司
版　　次	2025 年 5 月第 1 版
印　　次	2025 年 5 月第 1 次印刷
开　　本	880 毫米 ×1230 毫米　1/32
印　　张	6.75
字　　数	111 千字
书　　号	ISBN 978-7-5139-4686-5
定　　价	58.00 元

注：如有印、装质量问题，请与出版社联系。

前　言

1991年，我第一次踏上了美国的土地。那时的我囊中羞涩，眼前一片迷茫。一晃21年过去了，就在2012年，我坐在奥巴马（Obama）总统旁边，和各大公司CEO共聚圆桌论坛，就振兴美国制造业发表建议。

这些年来，在美国成立公司，开设工厂，我的创业梦终于实现了。没错，这就是此书的重点——我的创业之旅。我想告诉读者，在美国依旧可以实现创业梦，只要我们愿意"燃烧"，点燃内心的熊熊火焰，用勇气和创造力不断追逐梦想，开拓创新，去适应瞬息万变的社会，创业梦并非遥不可及。

我确实花了点儿时间来点燃内心的火焰，让它越烧越旺。

从小到大，我一直梦想成为一名外交官。后来，我来到美国读书，又梦想成为一名记者。然而，研究生毕业后，在一家医疗器械公司做行政成了我最无奈的选择，这份工作的年薪仅为1.9万美元。于是，我开始追随大部分移民人士的步伐……最终，凭借着经验、悟性、直觉和专业技能，我成了一名企业家，成功抢占了市场空白，找到了新的人生方向。

像许多移民人士一样，我的成功离不开自身的跨文化背景。我重新思考过时的消费品分类和定位，将其注入全新的意义和设计理念。很多邻居和朋友都认为切萨皮克湾（Chesapeake Bay）是个丑陋不堪、饱受污染的地方，但它在我心目中是象征着自然和宁静的灯塔。我和切萨皮克湾的"羁绊"之深，已经让它成为我个人和职业生涯的标志。为什么这么说呢？自踏上美国这片土地起，这里就变成了我的另一个家；也正是在这里，我冒着巨大的风险开设了一座工厂。所以，无论您是企业家、商业领袖，还是对美国的商业实力感兴趣的人，我都希望您在合上本书时，能肯定移民做出的贡献，以全新的视角去看待自然万物、产品类别和社会问题。

我也希望，您能对创新有新的理解。创新是一个国家繁荣的基石，这个词语容易让人联想到技术突破。然而，要想打造强劲的多元化经济，企业家必须扩大创新视角，多多关注大众产业和产品类别，如运动器材、投资工具、运动服装、蜡烛和内衣。随着阅读的深入，您会看到，我是如何跌跌撞撞地进入蜡烛行业，靠创造力将这些平淡无奇的东西转变为时尚产品，帮助人们提升家居环境，改善生活。通过这本书，我想鼓励更多企业家去打破创新边界，推出既能吸引消费者，又能解决环境问题的产品和服务，让生活变得更加高效而愉快。

从很多角度来看，我在蜡烛行业的成功不足为奇。如今，有越来越多的创意领袖取代了精通业务的 MBA 和技术官僚，取得了商业成功，对社会产生积极影响。[①] 我使用 "设计领导力" 一词来指代当下由创意驱动的经济。设计领袖是富有创造力的企业家，他们将设计或信息置于盈利能力、价格、股东价值最大化之上。对设计领袖而言，设计可以推动销售、营销、制造等商业活动的开展，而不是用来追逐利润和提高盈利能力。人类历史上曾涌现出大量传奇设计领袖。史蒂夫·乔布斯（Steve Jobs）在创造、制造苹果电脑和手机时，没有把价格视为竞争

---

① 对于这一概述，我要感谢丹尼尔·平克（Daniel H. Pink）的《全新思维》。这本发人深省的书激发了我对设计领导力的想法。——作者注

因素，而是以设计驱动创新，不断扩大苹果公司的商业版图。

诚然，我凭借设计领导力建立了千诗碧可，让创新和创造主导商业决策。不过，只有把制造环节牢牢掌握在自己手里，我才能最大限度地发挥创造力，让产品更受欢迎。被亚洲某些工厂拒绝后，我用热情和理想说服姐姐辞去工作，建立工厂来壮大业务。我们共同跻身家用香氛和健康行业，打造了新的产品线，并将这些过去只在高档百货商店出售的奢侈品推向了美国主流市场。不过，只有在停止外包生产，把大部分业务迁回美国后，我才迎来了真正的职业高光时刻。

掌握工业流程后，我提高了原材料的质量，将制造和创新结合起来，最大限度发挥创造力。我的公司完成了看似不可能的事情：在巴尔的摩郊外建了一家工厂。长期以来，外界认为那里的制造业已是死气沉沉。我希望其他产品类别能跟上我的脚步，凭借设计领导力和创意制造，更好地观察和响应市场需求，降低成本，提升创新，保证质量。

我在白宫见到奥巴马时说，我相信设计驱动的企业家精神和有想法的制造业将推动全球经济不断增长。但自那以后，情况发生了巨大变化。但我仍然相信自己当年说过的话。这本书会告诉你，设计领导力是打造全球强劲经济的重要因素。

作为一个移民人士,我希望美国和中国都能保持强大,解决分歧,重新成为良好的经济文化合作伙伴。

徐梅

/ 目 录 /

1　两个时代的故事　　001

平静港湾 / 004
家的日常 / 010
杭州小花求学记 / 017
一万元买一个新的起点 / 026

2　漫漫创业路　　039

辞去"铁饭碗" / 041
新奇与孤独 / 044
太平洋商人 / 052
被烧掉的气味 / 063

3　遇见切萨皮克湾　　071

24 小时不停燃烧 / 075
"季节性"标签 / 088

一场惊心动魄的会面 / 092
命运一搏 / 105
羽翼渐丰的千诗碧可 / 110

4 藏在美食中的灵感　123

意外收获 / 126
格拉斯之行 / 133
用味道讲故事 / 136
新的尝试：芦秆香薰 / 148
给世界留下健康和治愈的芳香 / 154

5 工厂迁移计划　161

一波三折的建厂路 / 166
谋划马里兰"烛"造 / 172
和总统聊点什么 / 178
让情绪更"亮"一些 / 188
工厂仍是见证奇迹的地方 / 196

结语　201

两个时代的故事

时间回到20世纪70年代初。在一个宜人的夏夜，我们一家人有的坐在露天广场的折叠竹椅上，有的躺在凉席上。大家在看一部国产电影，那时还是老式放映机，黑白的电影画面有着独特的颗粒感。那时"文化大革命"进程已过半，整个中国还处于与外界隔绝的状态，没有头条报道，没有"时事"讨论，也没有外来文化渗透，外国政要来访更是鲜见。可想而知，看这种露天电影，也就是现在所谓的纪录片，是当时的主要娱乐方式。在那天的屏幕上，外面的世界一闪而过，似乎有种魔力——我看到柬埔寨时任国王诺罗敦·西哈努克和莫尼列王后来华访问的画面。

两个时代的故事

作为一个五六岁的孩子,我盯着屏幕,被这些宏大场面惊呆了。北京一条大道两旁挤满了人,柬埔寨国王和蔼地微笑着,伸出双手,向他们致意。他站在一辆敞篷车的后座上,左边是邓小平,右边是莫尼列王后。莫尼列王后穿着优雅的黑色连衣裙,头发松散地系着。远处,游行乐队中的年轻人吹奏着管乐,身后是不断挥舞的方形旗帜,气氛热烈。另一帧画面显示,王室成员走在红毯上,和我差不多大的孩子们向他们礼貌地鞠躬和献花。放映机还播放了一张西哈努克 1941 年加冕为柬埔寨

图 1-1
年轻的"我"(约 1984 年摄于西湖边)

国王的照片，他高耸的宝石王冠紧紧地绑在头顶，胸前的服饰布满几何图案，尽显奢华。

幼时的我对此次外交国事一无所知，只是被异国情调迷住了。我第一次模糊地意识到，原来在我生活的单元楼、街坊和城市之外，还存在另一种生活。

平静港湾

并不是说当时的环境百无聊赖。我在杭州长大，杭州一直被誉为中国最美城市之一，甚至有"人间天堂"的美称。中国在20世纪50年代驶入工业化道路，许多城市都模仿了苏联式的建筑风格和城市规划手段，工业开始蓬勃发展。相反，我的家乡试图成为社会主义的"东方日内瓦"。考虑到杭州在旅游业、自然风光和佛教方面的历史地位，国家没有在这里实践激进的工业改革，而是将美学和环境打造放在首位，还尽最大努力避免西湖受到污染，同时打造绿色渔业养殖，保护这片区域的寺庙、植被和花园。

杭州独特的城市化之路给人留下了深刻印象。在北京和上海这些超大城市，有些时髦的写字楼和未来感十足的建筑奇迹会掩盖城市的历史珍宝，但杭州的自然美景却散发着近乎神奇的魅力。西湖作为杭州风景名胜的核心景点，位于老城区的西边。时至今日，你依然可以从市中心的大部分高楼上看到西湖，不管是水面上点缀着的竹船，还是在各大著名石桥上漫步的行人。春日里，桃树、柳树和绿茶为这座城市注入了独一无二的魔力，一种几乎是充满灵性的魔力。

伴着这种静谧美好，我们一家人过着相对简单的生活，平时住在城市北边众多单元楼中的一间。房子是统一分配的，父母睡在大床，而我和姐姐徐力睡在旁边的单人床。我从两岁起就睡在那里，之前父母在姐姐床边加了一块木板，这样可以让我们睡得更宽敞些。一面墙旁边放着一张桌子，还有两张木凳，可以作为工作站。吃饭时，我们又会把桌子搬到房子中间作为餐桌。还有一个衣柜、一个老式晶体管收音机、几个用来存放冬季装备的木箱，每人还有两到三双鞋。我们和同一楼层的其他家庭共用一个厕所（没有淋浴）和厨房，每周去一趟大澡堂子。父母一直都有工作要忙，所以我们可以自由地爬树，和邻居小朋友一起玩耍，从来不觉得有哪些地方是危险的或者是禁区。即使有时会嘴馋，我们还是无忧无虑、随心所欲地在城市里漫游。

只有在回头看的时候，人们才会把这种生活描述为平淡，甚至贫穷。但我不这么认为。最近，我送大儿子亚历克斯去芝加哥大学读一年级时，想起了童年的家。芝加哥大学的双人宿舍为每人配备一张小床、备用书桌和电线插座，厨房是公共的，厕所和浴室是男女共用的。如果你和某人吵架，是瞒不过别人的，因为大家都能听到。除去这些现代设备，学生宿舍和我在杭州的家没有太大区别，但没人会觉得大学宿舍的生活是贫穷的。在我看来，宿舍为所有人画了一条平等崭新的基线，来自不同文化和社会经济背景的学生在这里开启了学术生涯。

图 1-2
我们一家人（摄于 1987 年）：从左往右是我、父亲、母亲、姐姐

童年的家是简朴的,也是和平、秩序和道德的绿洲。父母几乎不为任何事情争吵,也从不做违背正直与诚信的事。童年时期,总是有络绎不绝的人敲响我们家的前门想要送礼。我那时不知道他们的来意,也不知道为什么会有礼物。后来才发现,尽管父母薪水微薄,但他们是单位的干部,负责招聘和解雇员工。这些人其实都是有所求的。

"我会尽力的,"父亲边说边把礼物推回去,"但请拿回这个。"

那些简单的礼物本可以让我们家的生活更舒适,尤其是在食物短缺的年代,但这不重要。父母对物质财富和生活环境表现得近乎超然。我现在认为,父母的道德标准和为了保证安稳生活的付出是无价之宝,这种品格深深影响了我们。那时的我们好像是一叶扁舟,漂浮在波涛汹涌的海面上。在这样的家里,我和姐姐沉浸在幸福中,觉得整个世界就是安宁而和平的。

父母之所以有这样平和的性情,也许是因为他们成长于动荡时期,以及祖父母一代遭遇的不幸吧。1937年日军全面入侵中国,全国人民奋力抵抗。1945年战争结束后,中国又陷入内战,最终共产党打败国民党,成立了新中国。

在新中国成立之前,外公外婆经营着一家利润丰厚的陶瓷企业，爷爷则是一位成功的制糖行业商人。我出生以来就没有见过自己的爷爷、奶奶、外公、外婆。

作为六个兄弟姐妹之一，我父亲15岁时与他的姐姐和弟弟一起逃离家族，试图通过与家人彻底决裂的方式来摆脱资产阶级背景。加入海军是父亲新生活的开始。他的几个兄弟姐妹都过得不错，尤其是他的大姐，从一所著名外语大学毕业后成了俄语翻译，这在冷战初期是个重要角色，当时苏联与中国的关系非常密切。相较之下，父亲的生活显得更加平凡。

他被调到青岛一所学校的教学岗位（后来这所学校成为一所海军学院），向未来的海军军官教授数学。父亲并没有到前线发挥作用，和我母亲一样，他从未担任过重要领导职务，也从未有人向他征求管理决策意见，但他从未表现出沮丧的样子，总是开心地抓住新机会，就像后来被调回杭州时一样。父亲没有失望，总是有时间欢笑，享受生活的简单乐趣，这一点我和他很像。他深情地回忆起自己成为教师之前的海上冒险生活，重新联系上当时在海军的朋友，还积极参加打篮球和跳交际舞之类的周末活动。

如果说父亲相对轻松地适应了军旅生活，那母亲的生活就稍显复杂，充满挑战了。母亲是独女，出生于富商之家，在中学时认识了父亲,后来才和他谈的恋爱。母亲告别父母离开家乡,这是她一生都后悔的事情。在北京定居后,她加入了空军,担任秘书一职。透过那些黑白照片可以看出,母亲年轻时面容姣好,乌黑长发梳成两条辫子,在镜头前满足地微笑着。

后来,母亲在北京空军指挥部担任电话接线员。和其他追随革命的年轻人一样,她任劳任怨,周末还去厨房帮忙。这可能也是各种菜式都难不倒母亲的原因吧,从南方的主食大米到北方的饺子,无论是擀饺子皮,还是用猪肉末、蒜酱、白菜或菠菜调制美味馅料,她都得心应手。

1958年年末,母亲被下放到偏远地区劳动,地点在黑龙江,一个与俄罗斯离得不远的地方。黑龙江的冬天漫长而寒冷,当地人会用一切能找到的木材来取暖。一天晚上,母亲的宿舍发生火灾,她的双腿严重烧伤。事实上,母亲差点死去。我强烈怀疑,外公外婆是因为几乎痛失爱女而悲痛欲绝,过早患病,才40多岁时就去世了。

就在母亲受伤无法独立生活的时候,父亲出现了。他们从高中起就保持联系,一直关注着彼此。父亲提出要与母亲结婚,这样母亲就不需要继续依赖政府照料。我父母双双向所在单位提出申请，所有部门都同意父亲可以娶一个像母亲一样的女人，大家都认为母亲因火灾致残，非常需要像父亲这样的人来关爱。

家的日常

1959年，学校让父亲与军队转业的同事一起南下，去杭州北郊建立一家大型钢铁厂。他们受过教育，也有管理经验。就这样，父亲在杭州第一家钢铁厂负责管理安全生产、环境保护和技术应用事务，母亲则在杭钢新成立的小学任教，这所小学只招收这家工厂的子弟。很快，对应的幼儿园、中学和高中相继办成，工厂配套设施更加完善，工人的生活也得到了良好保障。工厂工人超过10 000人时，整个社区的人口也增加到了由好几代人组成的50 000人。母亲的组织能力强，教了几年语文和数学后就成了小学校长。

我家的收入略高于其他家庭。母亲之前的经历让她有能力去组织教师、制定统一的教学守则、设计课程和教案。她需要管理上百名老师，这些老师轮流管理由40名学生组成的班级（全校共3000多名学生），学生年龄从8岁到13岁不等。母亲的角色非常重要，因为许多老师没有系统地学习过教育学和青少年心理学。父亲在军队的背景同样向党组织证明，他有不错的组织能力。因此，上级任命他管理新工厂数百名工人和工程师。父母的岗位不是香饽饽，因为工作性质是技术方面的，毫无晋升到领导层的可能，而且一周要上六天班，每天晚上还要参加学习小组。

因为工作要求高，父母的上班时间很长，他们几乎没有闲暇。父亲在日出前就需要出发，母亲则需要熬夜批改作业。大多数家庭的月收入都不高，父母的收入比别人多一倍，主要是因为他们是退伍军人，工作性质偏向知识层面。国家以斤为单位配给食品，我记得猪肉在当时是奢侈品，一斤的价格约为1.8元人民币。

父亲用他仅有的一点可支配收入来丰富我们的生活。他去上海或北京等大城市出差时，都会带豆沙年糕或大白兔奶糖给我们。大白兔奶糖在我的童年时期很受欢迎，据说添加了牛奶。父母在靠近广东的广西长大，自然被美食吸引。广东一直被称为中国的"美食之都"，拥有大型动物养殖场，独特的亚热带季风气候，更是滋养着水稻和其他作物。当地的传统菜肴包括荷叶蒸田鸡、咸鸭蛋、烤乳鸽和空心菜，所有食物都是蒸的或清炖的，以保留风味和口感。父母的厨艺深深影响了我与食物的关系，我也爱上了和家人朋友一起做饭聊天，那种绵长的快乐意义非凡。

父亲每次从上海回来时，总会给我带布娃娃和金属儿童厨具玩具。这些玩具让我和本就很受欢迎的姐姐成为同龄人羡慕的对象。邻居的孩子们经常问能不能和我们一起玩，我们当然乐意了，这样就可以在外面玩得更久了。

作为一名敬业的教师，母亲在"文化大革命"中怀有高标准和奉献精神，几乎没有强制执行严苛的要求，只是让老师按时到校授课，给学生打分，或者提供同等形式的反馈。然而，那些老师却因此憎恨她，还教唆学生反对她。

"是林校长！"其中一位老师会对一个学生说，"她让我们给你低分的。"林校长指的是我妈妈。

"林校长说你今天不能回家，因为你要补考。"

这种无处不在的不尊重给了我们重重一击。学生还朝我家的房子扔石头，窗户玻璃都碎了。母亲总是很坚强，只是耸耸肩。"别管他们，他们只是孩子。"她说。

那时候，父亲的工作也很折磨人。钢铁厂燃煤来加热熔炉，早期事故频发，他总是第一个到达现场，有时在没有穿任何防护服或没有任何设备保护的情况下进行抢救。在发生事故后，他又会留下来,安慰那些失去亲人或不得不照顾永久伤残的亲属家庭。

父亲65岁时被诊断出患有阿尔茨海默病,医生怀疑他大面积脑损伤是由于接触了工厂的汞、铅和其他工业毒素。

父亲也有轻松时刻。在我七八岁的时候,有天我告诉他想坐火车。我之前从未主动提过,现在回想起来,那应该是我爱上旅游的开端。

"我们要去哪里呢?"父亲问。

我说,你来选择目的地,我只要陪着你去就好了。

我们就这样去了火车站,他买了两张去嘉兴的票。嘉兴那时候还是一个坐落在上海和杭州之间、以粽子闻名的小镇。那边的粽子口味颇多,有酱香猪肉、栗子、甜红豆、红枣馅儿之类的。到达后,我们去了当地最出名的五芳斋粽子铺,还带回家一些好吃的零食。这段短暂的父女之旅标志着我一生旅行的开始。

我们回到家时,喜笑颜开。妈妈一脸好奇。

"你们去哪儿了?"她问。

"不告诉你。"我回应着,"你会不高兴的。"

我那个有军事头脑的父亲会宠我,但他的审美观确实糟糕。在我很小的时候,他亲自给我剪了个歪歪扭扭的西瓜头。"左边太高了。"他注意到后试着剪平,但另一边又不成比例了。他不停地剪啊剪,直到我的头发短到耳朵中间,看起来像个蘑菇。大多数孩子会觉得无所谓,但那时四五岁的我还是很愤怒和抗拒。一想到学校里的男生会无情嘲笑我,眼泪就顺着脸颊流下来。那是我第一次和父亲吵架。

母亲倒是品位不错,还在有限的生活条件下请了位裁缝。所以,即使我们的衣服看起来平淡无奇,样式也不多,但很合身。她在我很小的时候就亲自为我量身定制每件衣服。后来,我读了寄宿学校,开始探索自己的创意想法时,还一直带着量身定制的想法。我脑子里装满了杂志上的照片,溜去卖男装面料的商店,让裁缝照着国外时尚杂志的设计,给我做独一无二的时装。大家都想知道我在哪里买的衣服,因为店里没有。

就读寄宿学校的那些年,我每周六下午都会坐车回家,有一次在路上注意到时尚的"种子",当时中国开始来料加工各种服装出口。工厂完全按照客户的要求执行订单。令人兴奋的是,这些时装与父母的和大多数人的日常衣服完全不同。我没有直接回家,而是在这些公交车站的小摊位里待了两三个小时,一个一个逛过来。我总是第一个吃螃蟹的人,比如穿牛仔裤,骑自行车。其他女孩也加入了我的购物之旅，向我征求穿衣意见，或者干脆找我帮她们挑选服装。

与服装和音乐不同，食物是一种安全的爱好，因为食物方面的创造力不会受到怀疑。那时食物短缺，因此极其珍贵。食物在我和姐姐徐力的关系中也占有重要地位。无论是过去还是现在，徐力一直是我的重要支柱。我们俩的性格可在名字中窥见一二。在中文里，力的意思是"力量和强大"，而徐力就是个大胆的人，与人交往时让人敬佩，性格也很强势。如果说有人注定要成为领导者和企业家，那就是徐力。我的名字，梅就是"梅花"。与徐力相比，我更脆弱，不强势，而且在成长过程中，我一直被称为"徐力的妹妹"。现在还有很多人这么称呼我。

姐姐徐力的出彩似乎是命中注定的，正如她不厌其烦地提醒我的那样，她是个有前途的孩子，而我是她的"二道保险"。由于误诊，姐姐三四岁时差点儿死于脑膜炎。她病得很厉害，母亲担心她的大脑可能会出问题，所以才怀第二个孩子，也就是我。这可能是她编造的故事，不过我也不确定。她有时会无意中听到父母在讨论一些重要事情，也许她在四五岁时偷听到了吧！（当然，这是在独生子女政策实行之前，很早的时候政府就鼓励大家多生孩子。）

徐力天资聪颖，社交能力出众。她似乎是个多面手，而我就比较单薄。女孩子成熟得早，她又大我五岁，总是比我懂得多。

老师发觉她的潜力后，就选她在学校表演和讲故事，展示"力量和强大"。父母也感受到她的这种天赋，所以在姐姐17岁的时候就培养只有12岁的我为她做饭，这样她就可以充分利用业余时间准备高考。高考就像是SAT（美国学业能力倾向测验）这样的入学考试，但难度大很多！

在那段时间里，徐力总是在家上演家庭大戏，到了青春期后开始叛逆。徐力和父亲经常为一些小事大吵。我还记得父亲声嘶力竭地批评她，差点儿没把我吓坏。于是我努力阻止这种冲突，如果姐姐外出，我就会编造谎言，称她正忙着和朋友一起学习。那时的我既是她的跟班，又是厨师，主动跟着她，这样我就能知道她的下落，更好地帮她在父母面前圆谎。不知不觉地，隐藏和伪装逐渐成为我们家的传统。后来，我还会努力在婚姻和职场生活中避免冲突，这种做法愈演愈烈，以致成为我生活中的重要习惯。

一旦我担任了和事佬的角色，就会不惜一切代价去保证父亲和姐姐的和谐相处，而且还把这些人际交往技能运用到了学校。都说班里最高或最强壮的人才可以担任领导，我却从来没有被其他同学吓倒过。虽然我身材瘦小，但可以散发出那种稳定冷静的权威气息，这种气场总可以让其他同学遵守规则。小学老师注意到我的这种组织能力后就开始好好利用了。如果数学或语文老师晚到，就让我临时管理班级，提醒同学完成作业，准备功课。在意识到这一点之前，我就已经组织整个年级的300名学生在课后练习歌舞表演了。顽皮的男孩子有时吵吵闹闹，还会和我对着干，但我总是有办法让他们冷静下来乖乖排队。

杭州小花求学记

小学快毕业时，我参加了一场高难度的统一考试，杭州所有小孩子都在为进入一所新成立的精英中学而挤破头。老师告诉我，这所学校锚定外语学习，但那时的我不知背后深意，只觉得年龄越大，学业越难，不过我对自己的能力也越有信心。我有点怨恨生活在姐姐的阴影之下，因为我是老二，就得承担她的负担，什么都要听她的。所以，我欣然接受了这一绝佳机会，隐约还预感自己会脱胎换骨。

此时，中国对外开放的步伐明显加快。1972年的时候，尼克松总统访华，这是1949年新中国成立以来美国领导人首次访问中国。尼克松将访问中国的一周称为"改变世界的一周"，确实，此举预示着中美间经济和文化交流即将迎来新时代。

"文革"结束后，随着对外开放步伐的加大，国家急需大批的外交人才，因此，国家决定开设八所外国语学校来培养外交官员队伍。入学竞争异常激烈。杭州的每一所小学都推选了若干名优秀学生参加考试，最终只有少数学生有资格进入艰难的口语测试。面试时，我们需要讲述中国故事，归纳阅读要点，试着重复英语长句。毕竟，只有表达准确、记性不错的学生才有可能学好外语。当然，现在回忆起来，当时的考试内容就和天方夜谭一样。我的记忆力一直不错，又擅长即兴发挥，所以在考试中发挥出色。

12岁那年，也就是中国实行改革开放政策将近一年后，我成为中国外语学校的第一批学生。一想到即将搬到寄宿学校，和同龄人一起生活、睡觉和学习，我就无比激动。不幸的是这种兴奋很快就消失了，因为我发现课业难度超乎想象，我在小学一直都是尖子生，轻轻松松就可以拿到优异的成绩。但来到全新的沉浸式英语学习环境后，顿时便落后于其他同学，他们有些人的父母是教授或专业人士，有些人还有说英语的经验。

第一年的时候，我大部分科目都拿了 A 和 B，但英语阅读、写作和听力理解都不及格。班级很小，从来没有超过 18 人的时候，所以个子小小的我无处可藏。老师点到我时，我会立马不知所措，整个人呆呆的，要么一点儿也想不起答案，要么发出一些奇怪的读音。

再这么下去，等着我的就只有失败了，所以我采取了新策略。老师在课上向其他同学提问时，我都会小声回答，免得影响别人。但老师仍然能听到我的声音。渐渐地，他们不再听被叫到的学生的回答，而是把注意力集中在我身上。实际上，我接受了整整一学期的一对一辅导。老师看到了我对知识的渴求，经常给我"开小灶"。就这样我挤入了班级前几名，在语言方面也变得更加自信。

尽管缺乏外语经验，但直觉告诉我，学语言和学理科完全是两码事，要想根据逻辑和公式来掌握一门语言是不可能的。你必须有点创意，比如编故事，在想象的场景中扮演角色，还要允许自己犯各种错误，说得蹩脚也没事。我利用课余时间听学校录音机播放的粗糙录音，努力掌握英语发音和语调。尽管听力因此受到了长期损害，但付出总有回报，我终于可以无障碍阅读英文名著了，消化了《小妇人》和《简·爱》等书，还背诵了《远大前程》中的诗歌和节选。

周一到周六，我都会和同学一起学习，周六晚上才会回家，和家人短暂待一会儿。在20世纪80年代，大家出行都靠自行车和公共交通。从家里到学校，我需要乘两趟公交，还要骑行一段路，大约耗时90分钟。整整六年，每周一早上，父亲都会把我举到自行车后座上侧坐，就这么一路骑到公交站。有时我们保持沉默，有时他也会问我近况。

"在学校吃得饱吗？"他经常问。

事实上，我经常感到很饿，就像其他同学一样，12岁到18岁正是疯狂长身体的年纪，但那时的中国正努力养活庞大的人口，不得不定量供应肉类等食物。学校早餐通常是馒头配杂粮粥和腌菜。运气好的话，还会得到一个鸡蛋。我们要靠这顿清淡的早饭撑到中午，午饭也就是小分量的豆腐、蔬菜，偶尔还有猪肉末和白米。晚饭分量也不多，包括猪肉、青菜和稍多一点儿的米饭。

我总是盼着晚饭，但通常排到我时，肉已经打完了，只剩下蔬菜和汤。所以，我都会在自行车后座告诉父亲真相：是的，吃不饱，我想吃糖果或零食。于是，他会递给我一个纸袋，里面装满了像大白兔奶糖或芝麻块之类的甜食。

很多同学也带着食物回学校，毕竟食堂的饭无法果腹。到了晚上，大家就躲在被子里发出窸窸窣窣的声音，但那些东西也吃不了多久。每周有一天，学校允许我们去镇上买点零食。我那青春期的身体非常渴望黑巧克力，往往买完后还没回到学校就已经吃个精光。

我太喜欢巧克力了，每周都会在规定时间之外溜出去买一些。有一次，我先把巧克力扔过围墙，然后自己爬进来，却发现那头老师正怒视着我。"徐梅，这是什么？你是班长，如果你违反学校规定，带额外食物，我们怎么能信任你？"

我很少叛逆，几乎没有违反过规则，更不用说抱怨或嚷嚷着要什么。学校设施很旧，成人尺寸的桌椅也压根儿不适合我们。有时候我们还会在晚上听到老鼠在鞋子里乱窜，但也无所谓了。晚饭时间，我们经常在小路上边走边吃。

物质生活确实匮乏，但我们兴奋地汲取知识的养分。几十年来，外国人第一次到中国，在我们这样的学校教英语。来自澳大利亚、加拿大和新西兰的老师在当时迅速开放的中国受到了极大欢迎。他们朝气蓬勃，对教学使命充满激情，让我们接触到了不同的文化和口音。

老师成了代理家长,晚上轮流监督我们写作业,耐心答疑解惑。他们几乎从不公开批评学生,而是私下帮我们改正。老师学生比为1∶3,这种关注和投入是极其珍贵的,尤其是对学英语来说。是他们培养了我的沟通能力,没有他们,我压根儿没法在美国找到工作,更不会有信心成为一名企业家。

不过,有位叫作商小民的老师比较独特。在我一开始英语学习跟不上的时候,她会在全班同学面前严厉地纠正我,和其他老师完全不一样。但她越让我难堪,我就越努力改进。我就是需要这样的压力。第二年,我英语学得不错,她把我拉到一边说:"我希望你明白我当时必须这样做的原因,没有其他方法可以更好地纠正你了。"

多年后,她去美国做交换老师的时候,我遇到了她。"你的经历是我最喜欢的逆袭故事之一。"她告诉我,"你虽然个子小小,坐在前排,但没人能吓倒你。"

学校放映过《走出非洲》《乱世佳人》《教父》等电影,还为我们提供了更为世俗的西方文化大餐。我们观看了电影《克莱默夫妇》,再次了解了不同的生活方式。这部电影讲的是一对离婚夫妇与年幼儿子的故事,围绕协商监护权等事宜展开。但在当时的中国，离婚是件稀罕事儿，所以我们一开始都很迷惑。回过头看，年轻的我完全不知道自己今后会发生什么，乃至几十年后我又会如何为离婚和夫妻共同抚养孩子努力。

随着文化视野的扩大，我和父母、姐姐的关系也发生了改变。我们似乎生活在不同的世界，日常交流也逐渐少了。我和姐姐之间的差异也越来越明显，我阅读西方经典文学，而且读的是原版书，但她对这些毫无兴趣，她只喜欢理科、中国文学和书法。从小到大，她都文采出众，我甚至会抄她的句子并尝试模仿。但现在，我读了几百本小说，英语也已经远远超过了她。她都开始向朋友吹嘘我了："我妹妹就在这所新学校读书，他们讲英语的，还有外教。"我赢得了姐姐的尊重，姐妹关系逐渐变得平等。

暑假回家后，我会抽时间沉浸在小说的世界中。人生中第一次，我竟然开始渴望更好的物质条件。几年前，电视机进入中国后，父母对我和姐姐设定了严格的看电视时间，就像现在一些父母的做法一样。那时，有的邻居会邀请别人一起看电视，同时收取观看费。我并不反感家里没电视，但没想到这些人竟然可以通过电视赚钱。我甚至觉得，除了拥有电视这样的奢侈品外，多搞点吃的也不错。

寄宿学校生涯即将进入尾声，我和其他同学都在为前途发愁。我知道自己想成为一名外交官。小时候看到柬埔寨王室访华时产生的那种懵懂渴望，现在已经变成强烈愿望——在国际舞台上代表中国，和其他外国政要握手，与他们就重大双边或多边倡议开展合作。当时，我一路披荆斩棘通过了大大小小的考试，接下来要面对的就是可能决定命运的高考。

彼时，高考已经中断了十年。粉碎"四人帮"后，国家将教育作为政策纲领的核心内容。1977年秋天，我在寄宿学校上到一半的时候，高考恢复了。那些被送到农村改造的知识分子反响热烈，努力去找课本，背诵数学公式，为自己争取更多学习时间。《纽约时报》称，这场考试可能是"中国现代史上竞争最激烈的学术考试"，幸运的是，那年的高考录取率达到4.7%，考上的都是佼佼者。七年后的1984年，我也开始准备参加那场选拔性的考试。

1979年以来，我和同学就一直在努力学习，好让自己在各种考试中脱颖而出。高三时，外交部的几位官员来我们学校，面试了一些男同学，最终要了四人。这些男同学不需要参加高考，而是去国外上课，然后在大使馆担任外交职务。女生都很沮丧，因为我们的英语普遍比男生强，却是这些男生避开了可怕的高考，迎来激动人心的外交生涯。

不过，得知会有精英大学来我们学校直接录取学生后，我又没那么失望了。这可太令人兴奋了，就像是你不需要参加 SAT 或写申请文书就可以进入美国的梦中情校。

学校推荐我参加北京外国语大学的面试。北外在中国可是顶尖的外语学习殿堂，培养的外交官人数最多。面试那天我非常紧张，但当大学代表开始用美国口音的英语和我交谈时，我立马放松了。毕竟，我早已沉浸在美国文化、文学和发音中。那时候，我整个人散发出自信的光芒。

几天后，一位老师带来了好消息：徐梅被录取了！这一刻我激动不已。整整几年我都在夜以继日地学习，现在一切都得到了回报。几周后，老师让我们把课桌搬出去，悄悄收拾好书本和笔记，以免打扰还在准备高考的同学。就这样，我的求学生涯到此结束。

父母也很高兴，因为北京的任意一所大学都很有名望，而他们的女儿要去的学校还是培养外交官的！ 1985 年 9 月，我和四个同班同学——两男两女，在北京开启了语言学习生涯。还没入学，我们的名声就已经传到了学校，我和其他两位女生，艾米莉和珍妮弗被称为"杭州三小花"，因为来自风景优美的地方，大家觉得我们也是美丽优雅的。"杭州三小花"在北京开得更加旺盛，我们至今还保持着频繁的联系。

一万元买一个新的起点

1985年9月入学后，我发现北京是一个方方正正的大城区，每个方向都延伸出了无数条林荫大道。冬天和早春时节，来自蒙古戈壁沙漠的沙子吹过街道，有时会打到脸上，尤其是骑自行车时。这里的冬天又冷又长。

尽管少了点诗情画意，但北京确实遍地都是机会，我的视野更广了。大一时，我和四个女孩同住一个宿舍。其中一位是美籍华人，刚从美国回来，看望在大学教书的父母。她在西方长大，好像练过芭蕾舞，无论是打扮还是思想都与我们完全不同。不幸的是，她患有厌食症，有好几次，她由于心脏过于虚弱而无法支撑营养不良的身体，我们还着急地给医院打电话。不过每年都有源源不断的室友和同学搬来搬去，我记不清了。但有一点可以确定，她床头挂着一张美丽的芭蕾舞女演员海报，上面写着一句话："如果你能做梦，你就能实现它。"很快我就和这位室友失去了联系，但这句话一直伴随着我，成为我的口头禅和人生圭臬。

我在刚入学时就基础不错,所以能把握住大量机会。很快,我就发现旷课也没人会注意到,而且我不需要太努力学习就能通过所有考试。实际上,我最充实的学习体验来自一份高强度的大学实习,就是那段经历让我明白自己有多喜欢在多元文化中工作。

大一入学后不久,美国达特茅斯学院的一位社会学教授作为交换老师来北京授课。他们夫妇为我打开了新世界的大门,他们之前在不同的大洲工作,收养了两个非洲裔的孩子。他们就像我想象的那样新潮和时髦。一天晚上,她招待几位老师和学生共进晚餐时,把我拉到一旁说:"你应该和我丈夫谈谈。"她的丈夫是奥地利人,当时在世界银行的北京办事处工作。"他们非常需要厉害的口译员和笔译员。"就这样,整个大学期间,我与世界银行及其合作伙伴联合国开发计划署结下了不解之缘。

我过去也零零散散地兼职过,比如给有钱人家的孩子辅导英语。但这次不一样,世界银行的这份兼职为我树立了目标与使命,成了我与一项伟大事业联结的纽带。当时世界银行的任务是帮助发展中国家打造基础设施、发展能源和提高政府治理透明度，每次我陪同世界银行的专家和顾问出差工作10天左右，努力帮助贫困地区解决环保、用水、卫生、电力等问题。与大学课程不同，这是一个真正的挑战。想象一下，一个房间里有40个人，20人讲英语，20人讲普通话，而我在中间，气喘吁吁地为两方翻译。

称某些人是"说英语的人"时，我算是往好的说。事实是，是操着浓重北欧口音的斯堪的纳维亚人向操着浓重泰国口音的专家谈论卫生方面的最佳做法。在这个充满活力的国际环境中，我必须掌握与水库、公厕和水力发电相关的新词汇。我还养成了另一项不那么健康的习惯：快速进食。我是在场唯一一个会说两种语言的人，要花大量时间来帮助顾问和工程师沟通，因此每次吃饭的时间只有几分钟，不然服务员就要收走了。深感遗憾的是，我来到美国后还是保留了这个习惯。直到今天，我的吃饭速度依然很快，大多数同事都在吃开胃菜时，我就已经准备开动甜点了。

1986年，我加入了世界银行和联合国开发计划署的一个工作小组，当时是去内蒙古。这是我人生中第一次坐飞机，这架苏联涡轮螺旋桨飞机摇摇晃晃的，但我并不担心，真正的考验是起飞后不久……我开始呕吐，坐在我旁边的是约翰·卡尔贝马滕（John Karlbermatten），一位和蔼的年长绅士，也是世界银行华盛顿总部的长期部门主管。他见证了我全程晕机的窘样，还一直照顾我。"不要环顾四周，只看前面人的头。"他一边忙着向周围乘客要纸质晕机袋，一边提醒我。尽管初识有点尴尬，但他后来成了我可靠的导师和朋友。

1987年，我陪同世界银行和联合国开发计划署的代表前往中国西北部。这次的行程更加令人兴奋。我们在中国的贫困地区待了很长时间，旅途的目的地是喀什市，一个给我留下了深刻印象的城市。喀什靠近阿富汗、巴基斯坦、吉尔吉斯斯坦和塔吉克斯坦等国，居住着大量维吾尔族人。由于这里缺乏基础设施，世界银行的工作就是修建公厕。一踏上这片土地，我就被扑面而来的干燥空气、飞扬尘土和路边肤色黝黑的漂亮孩子震撼了。有一个孩子特别可爱，打过招呼后，我摸了摸他的脸。这时我才发现这些孩子不是黑皮肤，他们的脸被泥土糊住了。

如果说遇到这些孩子是此次行程的高潮，那饭菜就是低谷。每顿饭都有羊肉，这对一个不爱吃羊肉的人来说简直是灾难。早餐吃熏羊肉，午餐吃炖羊肉，晚餐吃羊排。我挑挑拣拣盘子里的烤馕，但吃不了多少。很久以后我发现自己是一个"超级味觉者"，舌上的味蕾比大多数人要多。几天后，我感到虚弱，恳求厨房人员换一下菜单:"你能帮我个忙吗?可以给我煮些鸡汤吗?"

"不行。"他们回答,"我们有更好的食物,晚餐要吃一整只羊。"

我礼貌地告诉他们,尽管羊肉很美味,但我只想吃鸡肉。那天吃晚饭的时候,服务员给我送来了一些鸡汤。当时每个人都停止了说话,放下刀叉,一直盯着鸡。显然,整个团队也受够了一天三餐都吃羊肉。我老板和他的老板看到鸡肉非常高兴,于是我分了一点给他们。

在这里待了几天之后,我发现,世界银行在制定任务时并没有提前询问当地人需要什么。这里气候干燥,当地人需要水泵。"我们这儿太干了,几个小时后粪便就会变成粉末。"公厕显得不那么急需,但水不一样。他们连水都不够喝,更别提给孩子洗澡了。那时年轻青涩的我无法发表自己的提议,但我真心觉得,不把当地人召集起来听听他们的真正诉求是错误的。世界银行为中国的发展做了很多事,但不得不说,世界银行像个庞大的官僚机构,层级分明,并不总会积极倾听外部意见,更不用说优先考虑当地人的真正需求。我意识到,既定制度存在局限性,必须有一种更加行得通的做事方式。也许就是这样独立的观点,让我最终成为一名企业家。

大约在这个时候，也就是大一的夏天，我在北戴河一个校际夏令营里遇到了我未来的丈夫王勇。北戴河是一个距离北京几百公里的海滨度假胜地。王勇来自北京大学，当时正在攻读研究生，专业是地球物理，那年夏天担任这个夏令营的辅导员。像他这样的理科男生是很受外语学校的学生欢迎的，毕竟女生太多了。而且王勇英俊帅气，有优越的家庭背景，是个鹤立鸡群的存在，更何况他本身就比大部分男生要高很多。作为年长我五岁的研究生，他总是散发出一种忧郁感和神秘气息，吸引着像我这样快乐外向的女孩。我立马被他的魅力折服，尽管清楚地知道其他女孩也在热切地吸引他。

图 1-3
我和王勇在学习之余出来放松（1988 年摄于北京大学）

我完全没有准备好去追求像王勇这样的人。从小到大，我一直生活在姐姐的光环下，父母也没有夸过我的长相，我不知道自己的相貌能否吸引他。夏令营结束后，我就回家度过剩下的假期，对他的想法渐渐淡了。

1986年秋天，我上大二了，在自己的学校里再次见到了王勇，因为他选了国际贸易这门课。他约我出去，我就这么开启了自己的第一段恋情。恋爱总是美好的，我们每个周末都骑着自行车外出，在寒冷中探索这座城市。深冬时节，我就像当年坐在父亲自行车后座一样，坐在他的后座，一路欣赏白雪皑皑的公园。我们一边吃着兰州拉面、鸡肉串之类的西北美食，一边讨论梦想和留学。

那时候，中国人民对财富的追求越来越普遍，大家也逐渐接受了这种风气。我的朋友们开始和出租车司机约会，因为他们很有钱。是的，你没看错。作为中国首批独立承包商，出租车司机走在时代的前列。大多数人仍然在国企工作，拿着差不多的薪水，但出租车司机给自己当老板。突然之间，很多女同学就试图通过和出租车司机交往来提高社会地位。

世界银行这份兼职给我带来了相当大的优势。在每周清点收入时，我发现自己赚的竟是母亲的10倍多。要知道，她干的是一份要求极高的全职教学工作啊。我开始给父母送礼物，送父亲巧克力、polo 衫，带他去高级餐厅吃饭。在中国，送礼比在美国流行得多。在美国，人们通常只会给亲近的家人或爱人送礼，但中国人慷慨多了。后来在美国，我会在旅行回来后给同事送香水，他们认为我要么疯了，要么对他们存有浪漫幻想。

因为这份高薪光鲜的工作，父母很是为我骄傲，但他们担心这段恋爱，因为我太年轻了，也没什么经验。我和姐姐都结婚很早，但父母那代人没有教我们如何去经营婚姻关系。我多么希望他们曾经告诉我们，拥有一段走不到婚姻殿堂的关系是完全可以接受的。但在那时的中国，年轻女性谈朋友失败是一种耻辱。

我和另外两位来自杭州的同学——艾米莉和珍妮弗分享了我天真的恋爱观。艾米莉现在住在法国，珍妮弗在香港和纽约两头跑。大家成年后过得不错，但后来都在反思：我们接受了一流的教育，但对于世界的运转法则却是一窍不通。杭外确实是学英语和培养外交官的顶尖学校，但天天与这么多志同道合的同学待在一起，我们并没有见识到人性的复杂和两性关系的棘手。我们高中班级毕业 55 人，大部分都离婚了。

尽管世界银行这份几乎是全职的工作占用了我不少时间，

我的恋爱也谈得如火如荼，我还是抽时间享受到了北京的活力。那时候，北京的科技快速发展，文化日益繁荣。我和其他年轻人一道，好奇地探索这个世界。公园有了英语角，人们在练习英语的同时分享对世界的看法。我的英语很厉害，个性也很有趣，所以在英语角很受欢迎。聊天话题逐渐转向 IBM 和 3M 等外国公司和国内创业，这都是当时人们感兴趣的东西，因为我们感受到机会越来越多，国家也越来越开放。像四通这样的新科技公司在这时已走向成熟，中国改革开放的第一波浪潮也开始延伸到出租车司机群体之外。

市场经济的试验出现在香港周围，那里的人们成了独立的企业家，正着手改造死气沉沉、缺乏竞争力的国企。到了 20 世纪 80 年代末，国内大部分地区都会出口商品到国外。中国经济欣欣向荣，开始修建高速公路和其他基础设施，方便商品走出去。我们这一代人开始尝试不一样的生活，梦想在这个广阔多元的世界探索各种可能性。

1989 年 7 月我毕业了。和大量应届毕业生一样，我没有留在北京，而是开始在大连的一个矿产出口仓库工作。大连是中国的主要港口城市之一，位于中国东北部。

1989 年 9 月初，我搬到了大连，当时已经很冷了。大连风景优美，有美丽的海滩和丰富的海鲜。不过那时太冷了，我没去欣赏海岸，也没有品尝到任何鱼类。在那里吃了一顿饭后，我就知道今后的伙食会很糟糕。当地人都是吃面食，所以我们吃馒头和稀饭。午餐是小分量的，没有太多营养。周末可能会有腌菜和鸡蛋，如果运气好的话还会有一点鱼或肉。食物本身就没有什么油水，还供应不足，我不禁想到了在寄宿学校的日子。

在北京时我周末都和王勇一起做饭，清蒸鱼、红烧排骨和新鲜的炒蔬菜都很合我的胃口，做饭可以让我的精神得到极大的放松。而现在，我只能吃蒸馒头，失望和难过不言而喻。那年9月，我满22岁了，饥饿无时无刻不在折磨着我，尤其当我梦见母亲亲手做的云吞，还有伴随我青春期的大白兔奶糖和黑巧克力。加上和王勇分居两地，我很沮丧。

除了身体饥饿，我还渴望精神上的满足。工作仓库位于市郊，所以我每天都要坐45分钟的公交车，看着一路沉闷的风景，直到到达一个配有一张桌子和两把椅子的单层建筑。从早到晚，我都会和师傅在那边坐或站着。师傅40多岁，很少说话，一直在吞云吐雾。

每天早上都会有卡车停下，来取一车用于出口的矿石，这时候我就在写字夹板上打个钩。下午，另一辆卡车来了，我又打个钩。对，就是这样，一天两辆卡车来，除了记录，我没有其他事可做，也没有电话、电脑、书籍或聊天来分散注意力。

9月底，我就做出了一个艰难的决定：辞去工作，回到北京，准备去美国留学。实现这个梦想会无比艰难，因为我必须先在缓慢崛起、竞争激烈的私有企业找到就业机会。父母很害怕，他们一辈子都待在国营单位，一旦你放弃了铁饭碗，要想回头就很难了。他们担心我做了一个错误的决定，但我知道，待在这里会破坏身心健康，我需要找回一些目标和做人的尊严。

接下来的一年时间里，我拼命搞定各种文书，筹集一切费用，不然是无法出国的。要想尽快拿到出国留学护照，就必须偿还政府当年免去的大学学费。我耗尽在世界银行兼职赚得的全部积蓄，还向亲戚四处借钱，最终筹到了约1万元人民币。这在1989年可是笔巨款啊，像我父母（他们当时也在帮我）这样的公职人员，一个月只有150~200元工资。我永远不会忘记筹到钱的那一天，当时没有支票账户或信用卡，我面前只有一大堆面值100元的钞票。我把它们都收在塑料垃圾袋里，不用钱包，这样就不会被抢劫了。我带着那笔钱骑车去了学校，看着柜台后面的女士一次一摞地清点钱款。

我就这样迎来了自己的新生活！

1 两个时代的故事

您是否想成为一名企业家，但又不知道开始什么样的业务？回顾一下早年生活，看看那时萌芽的想法和喜好，比如我对时尚的热爱。

您早年遇到过什么样的困境？利用这些经验好好发挥您的优势。创业成功需要勇气和韧性。

梳理一下您年轻时的一些重要关系，您将如何从中汲取经验用于当前或未来事业？实用的经验和精神激励都可以。

所有创业者最终都会依赖对外面世界的感知，并渴望影响外界。

漫漫创业路

1991年1月,我第一次踏上美国这片土地,当时是在华盛顿杜勒斯国际机场下的飞机,坐摆渡车到达航站楼后,我看到了注明两条队伍的指示牌,一条面向"美国公民"(United States Citizens),另一条面向"外星人"(Aliens)。即使睡眠不足,我也知道"alien"这个词的含义:来自其他星球的生物——"小绿人",或者是《星球大战》等科幻小说中出现的异界生物。当年在杭外读书时,我沉迷于各种西方流行文化,对这些小说和电影更是爱不释手;作为一个即将要在新大陆开启新生活的年轻女性,竟然有外星人在等着我!

来自世界各地的人群不断涌入,将我围得团团转。再次细思一二，我不是美国公民，按照排除法，应该去另一条队伍。于是我拿起行李箱，深吸一口气，兴奋地准备去迎接外星人。但一瞬间，那些为了踏上这片土地的心酸经历泛上心头。

辞去"铁饭碗"

1989年10月，我辞去了大连的铁饭碗工作。回到北京后，我就开始看各种招聘启事，打算找份工作。空暇时，还办理了许多出国手续，那时能拿到护照，比登天还难。大多数西方人可以在本国邮局申请护照，但当时中国公民只能在两种特殊情况下出国：工作和探亲。一种情况是，如果中国公民有商务活动或外国会议要参加，单位通常会给他们发放护照，由他们上级保管，从而保证他们按期回国。另一种情况就是，申请人必须证明有近亲在海外生活，并且有合法理由去探亲。我有幸属于后一种情况。

申请护照的过程比较麻烦。我需要排好几个小时的队，到头来却可能遭到拒绝，要么说申请书的某一页缺少逗号，要么就是有一些小错。那是个没有电子文档和互联网的时代，也没有人用电子邮件。有时，遭到拒绝后，我还得折回其他机构，让他们重新给我一份语法正确的表格。

北京的冬天很漫长，骑车往返于这些办公室之间也困难重重。我必须确保车轱辘沿着别人骑车留下的痕迹前行，好几次因为偏离"轨道"，自行车撞上了雪堆，我和随身物品都飞了出去，要么和地面亲密接触，要么直直地被后面的自行车撞上，有一次被撞得鲜血直流，文件档案也被泥水浸湿。接下来的六七个月时间里，我一直过着这样的生活，直到有一天，他们说我的申请通过了。

那天，我把钱装满了塑料袋，北外出纳员清点完后，在我的申请表上盖章。但这只是短暂的胜利，拿到护照只是第一道坎儿，还需要申请美国签证。事实证明，这一过程更加艰难。许多北京老年人喜欢在美国大使馆外下棋，看着人们从大楼里出来放声哭泣，因为他们的申请被拒了。莫名其妙地喜欢围观这种悲剧。我发现这一点后，情绪更是跌落谷底。世界银行和联合国开发计划署办事处的司机喜欢八卦，他把去美国大使馆送客人和文件时看到的情况告诉大家。他的车有外交标签，本人也通过了安全部门的审查，可以接触到国际新闻和最新时事。他总是对我笑得很灿烂，称赞我的英语，除了和我分享所见所闻，有时他会说："最近很多人都没拿着签证出来。昨天有200人申请，可能只有40人拿到了签证。前一天，有250人申请，成功的只有30人。"

去美国大使馆面试时，已经是我离开大连整整一年后了。那是1990年12月，凛冬再次降临。为了错开早高峰，我一大早就赶到了，手里握着来之不易的护照、详细的家庭收入证明、马里兰大学帕克分校的录取通知书，上面证明我有资格就读1991年春季学期开放的新闻硕士课程。

签证官问我计划在美国读什么。"大众传播。"我回答。

"你为什么要学这个？"他问道。我理解他的困惑，因为大多数中国学生走理工科的路子，申请去美国攻读数学、化学和物理。我满腔热情地介绍了这一话题，还提到世界银行的工作是如何让我萌生兴趣，以及我对世界各地的人如何交流深感好奇。

这位签证官称赞了我的英语，我告诉他，自己很幸运能在北京读完了专注于外国研究的大学课程。整个采访只持续了五分钟，他对我档案唯一感兴趣的是马里兰大学的录取通知书。

"祝贺你。"他说，"你将在美国继续求学。"后来，许多签证被拒的人告诉我，能遇到像他这样宽容善良的签证官是多么的幸运。

新奇与孤独

我拿到护照、美国签证和研究生入学通知书的事情传到了约翰·卡尔贝马滕耳里。得知我准备孤身一人前往美国后,他慷慨提议要赞助旅费,还要接待我。后来,约翰给我买了一张单程机票,当时大概花了1000美元,盛情邀请我暂住他们在华盛顿特区的家,方便我日后找房子。

排完"外星人"队伍后,我看到约翰和他的妻子妮莉正在杜勒斯国际航站楼等我。那时他们都已年近七旬。我们驱车到他们家,房子就位于威斯康星州大道和马萨诸塞州大道的拐角处,附近是近两百个外国大使馆,还有宏伟的国家大教堂和海军天文台。我从未参观过独栋的房子,上下层没有邻居,两边也都没有邻居;我从未见过闲置的卧室和大型公共区。总之,它与中国20世纪80年代那些逼仄狭小、采光不佳的房子有着天壤之别,文化冲击立刻向我袭来。

约翰和妮莉的三个孩子已成年,很久以前就离开家了。我暂住在他们的小女儿莱斯利以前住的房间,那里有张圆形的公主床垫。约翰和妮莉告诉我,房子有中央空调和暖气,我可以根据自己的喜好调节。我的房间也配有私人电视,可以用遥控器选节目。那天晚上,我躺在床上,身上暖暖的,内心雀跃,想象着以后的生活。为了静静享受这一时刻,我努力克服时差。房子里流淌着宁静和祥和,令人陶醉,这与我在中国的生活完全不同。大面积地毯吸收了所有噪声,不久我就睡着了,梦见了绿色的外星人。

之后几个月,我沉浸于新环境的一草一木。华盛顿特区风景优美,每家每户的草坪即使在冬天也是郁郁葱葱的。初春时节,樱花和郁金香让整座城市生机盎然。除了满眼的绿色和随处可见的整洁,华盛顿的经典建筑也让我着迷。雅致的平房、工匠风格的住宅,再到更加华丽的都铎式和维多利亚式住宅,偶尔还有些拥有大落地窗、直线条和开放式房间的现代住宅,一切都让我忍不住驻足欣赏。大使馆的建筑则纷繁复杂,有哥特式、希腊式、格鲁吉亚式等,两旁挂满了各国国旗,一下子与周围建筑区分开来。每每看到它们,我都有种异样的亢奋,心中的外交热情再次被点燃。

在华盛顿,满眼都是绿地,小朋友们开心地玩耍,享受着美丽宽敞的房间和院子。

约翰夫妇为人亲切,热情地向我介绍华盛顿不同地区以及美国发展的不同阶段,是他们帮助我更轻松地过渡到研究生学习生涯。几周后就开学了，我发现美国古朴校园的一切迷人特质，马里兰大学都占了：格鲁吉亚式的红砖建筑、大片的草坪和多元文化的学生群体。我的英语说得很流利，所以与其他亚洲移民和外国人不同，我在学校里沟通毫无障碍。

《华盛顿邮报》《华尔街日报》《纽约时报》竟然成了"教科书"，因为新闻学教授每天都要求我们阅读各种主流日报，深入了解时事。国债的确切价值、伊拉克战争中被友军炮火误伤的美国士兵的名字和家乡、苏联的审查环境等，导师要求我们对这些烂熟于心，能就每个话题发表即兴演讲。这也是自就读寄宿学校以来，我第一次面对难以跟上阅读、写作等课业中的挑战。

1992年12月，我获得了新闻学硕士学位，但正好赶上了美国经济衰退。正如大部分发达国家规定的一样，在美国的留学生不允许在校外求职。这是因为许多学新闻的研究生都会通过一两年的实习来丰富学业，积累工作经验。移民身份还带来了另一个问题，尽管我拥有大众传播方向的新闻专业学位，能胜任许多不同类型的工作，但大多数职位都与政策或政府相关，需要绿卡或美国护照。自古以来，要想在新闻这一行业赚大钱是不可能的，但互联网革命创造了大量的媒体渠道和自由职业机会。然而，在20世纪90年代中期没有互联网，这种就业机会少得可怜。如果找不到工作，我就得回国。

谢天谢地，1993年1月，我在纽约一家名为美中互利的公司找到了一份工作。这家公司的背景和使命让我大受鼓舞：两位美国年轻女性在哥伦比亚大学学习中文时建立了深厚情谊，于是计划毕业后前往中国创业。这在20世纪80年代末可是一个罕见的决定，尤其是对两名20岁出头的女性来说。两人在北京租了一间酒店房间，成立了一家在美国注册但在中国运营的医疗设备出口公司。当时这么做的人凤毛麟角，但这一独特的价值理念很快取得了成功，因为中国市场广阔，大家对于购买GE的计算机断层扫描（CT）和核磁共振成像（MRI）机器、Acuson的超声波技术和Spacelab的病床非常感兴趣。

我很感激得到这份工作，但要说到满意，实在是谈不上的。说白了，出口经理助理就是一个和各种文件打交道的文员角色，确保公司大部分进出口银行贷款和医疗设备信息都能按时提交给政府，而且文字要准确无误。除了大量的文书工作，我还需要在周末和晚上接待来自国内医院的买家，陪他们参观美国工厂、评估医疗设备。而我辛辛苦苦做这一切，年薪也不过是19 000美元，远低于我在国内做兼职时的水平。上班地点远，我饱受通勤之苦。王勇的专业是物理学，又有地震学和海洋科学的背景，于是在华盛顿特区的一家海军外包公司谋得一职。我答应接受纽约这份工作时，其实也默认了每周一次的长距离通勤。所以在接下来的一年半时间里，我工作日住在纽约，周末回到马里兰州绿带（Greenbelt）的家。

这份工作在慢慢消磨我。就像在大连那时候，我感觉自己的潜力没有发挥出来，没有为公司创造价值。顶头上司是个心胸狭窄的人，每天下午4点半都会来到我的办公桌前，指出我那天犯的所有错误，要求我熬夜改正。因为她觉得，只有采取这种高压手段，才可以树立权威，证明自己的晋升价值。她知道我拿的是外国人实习签证，能选择的工作有限，所以经常要求我义务做一些额外的翻译工作，或者在周末带客户逛纽约。

这种行径没人管，因为我钦佩的两位创始人远在北京，对纽约办公室的情况几乎是鞭长莫及。作为家中习惯于避免冲突的二女儿，我在一种强烈反对个人冲突的文化中长大，很难去设定个人界限。不过，即使我已经准备好做出更强势的回应，实施起来也是有限的。这段经历之后，我发誓再也不会为别人打工了，我以后要对自己的员工不吝赞赏。

此刻在纽约的孤独，与刚到华盛顿后与约翰和妮莉度过的欢乐时光形成了鲜明对比。没有朋友，没有体面的收入，我每天都窝在自己的小房间里。在这个热闹的大都市，我显得更加落寞和孤独，快乐和美妙都是别人的，我什么也没有。在这里可以自己做饭，但我没钱购买优质食材。浑浑噩噩工作一天后，我已经没有时间去探索当地的博物馆、画廊或其他文化宝藏。那个在课余时间出去探索北京城的小女孩，已经成了过去式。

冬天是最糟糕的，也许是因为母亲在北方的经历和我在大连的工作，我会把冰天雪地与恐惧孤独联系起来。每天早上，我只能在纽约的雪地里等公交车。如果晚了，就得一路狂奔，最后却只见车消失在前方的灰蒙雾气中，徒留我再等一个小时。司机没错，即使他看到了我，也必须按时发车。但我会忍不住胡思乱想，觉得纽约和我太不合拍。

在那段灰暗的时间里，王勇成了我的精神支柱。有时候，我周末回到家就靠着他哭泣，他总是安慰我，要多看看生活中积极的一面，而且这份工作也不是要做一辈子的。他是理科男，比我更冷静，抚平了不少我的脾气和忧思。不过，他生活在公式和数据的世界，能给的安慰也仅限于此了。他不会明白，对看重理想和人际关系的我来说，从同事或老板那里只能获得负面反馈有多么伤自尊。那时候，他在工作岗位上将自己的才华和学识发挥得淋漓尽致，而我觉得自己大材小用了。

事实上，我的问题要严重得多。作为一个适应能力很强的人，我很快就适应了美国的语言和文化，在社交中游刃有余。在这个医疗器械公司中，我本可以在营销部门或战略部门中发光发热。与内向的丈夫不同，我本可以为公司拓展新方向，凭借卓越的沟通技能拓宽供应商渠道，巩固新的商业联盟。但因为母语是汉语，我只能做些基本的文秘工作。后来我注意到，世界各地的中层管理者似乎更倾向于雇用易于掌控的人。聪明有为的人不好控制，更别提帮助这样的人成长成才了。我拥有自己的公司后，经常告诉中层要摆脱这种心态："A级人才雇用B级人才，B级人才雇用C级人才。但我希望你们不要这样做，每个人都有成功的潜力。每个单位都有足够的位子给有才华的人。"我总是建议，整个公司都需要顶尖人才，每个人都有机会找到一份好工作。

尽管自尊心受辱，日子也不好过，纽约还是给了我一些快乐时光。在那些孤独的白天和夜晚，我都会去布鲁明代尔百货公司（Bloomingdale）逛逛，欣赏里面的珍宝。那些女士把香水喷洒在我的手腕，走在过道里，两旁是五颜六色的女性时装，这是我人生中第一次近距离接触时尚产品，感官都得到了放大。布鲁明代尔百货公司代表了煊赫一时的创业梦,只有那些真正实现创业梦的人才有资本来这里购物。当时我买不起眼前任何东西,但没关系。这家百货公司的存在就代表了一丝希望——其他人,甚至是像我这样的低收入移民,也有可能实现这个梦想。这些精心陈列的商品再次点燃了我压抑许久的创造热情,还有对时尚和设计的兴趣,毕竟,我从小学开始就痴迷这些,叛逆地穿着六分裤和蓝色牛仔裤。小时候没有机会接触时尚,更不用说欣赏时尚了,因为每个人的穿着都千篇一律。在这里,有钱人有数不清的玩意儿来打扮自己。

我在百货大楼闲逛时,还有一件事触动了我。服装区的色彩明亮大胆,但顶层的家居区却朴素单调。事实上,这里的家居用品主要以单调的米色窗帘、樱桃木板凳和繁缛的花墙纸为特色,我想起之前在教科书上看到的图片,在经济大萧条时期的20世纪30年代,美国室内软装就是这样的,沉重、无生气、乏味,毫无色彩冲击或季节变化可言。这家世界级百货公司售卖的家居用品,似乎都在用中文和英文尖叫着:"奶奶辈喜欢!"

这种差异折磨着我。我想,一定有办法将美国的现代时尚引入家居装饰。梦想由此诞生,而且膨胀得越来越大:这个世界不需要更多的时装设计师,而是需要打造时尚家居的设计师。

太平洋商人

我在纽约过得浑浑噩噩,几乎没有注意到,随着宏观经济和地缘政治演化,室内设计的改革运动正悄然兴起。整个世界发生了翻天覆地的变化,各国各地区联系日益紧密、全球化纵深发展、文化交融不断。人们出国更加方便,耐克(Nike)和卡尔文·克雷恩(Calvin Klein)等西方公司前往亚洲寻找更便宜的劳动力市场,汲取审美灵感。零售商巨头和设计师深入挖掘全球资源,在不断开辟的多元化市场上创造和推出各式系列产品,时尚逐渐成为席卷全球的文化表达方式。

我的很多中国朋友开始注意到这些趋势,不再执着于外交事业,而是开始在全球寻找商机,特别是涉及中美贸易的机会。我开展了初步市场调查,发现中国工厂人力便宜,设施也足以生产从床上用品到家具、装饰照明等任何产品。我和王勇对目前的工作都不满意,于是深入研究了这些趋势。经济不景气,加上我的签证身份没有资格从事播音和公共传媒工作,虽然王勇的薪水还行,但作为政府的外包工作人员,他一直处于孤立和不安的状态。他渴望创业,就像他在读研和毕业后一样,想要成立公司,培育新企业,关注最新技术和市场趋势。现在,一切都让他兴奋不已,他与生俱来的创业心和魅力展露无遗。我们努力寻找潜在的小众市场,而且注意到,尽管家电及时装行业竞争激烈,但来自中国的家居产品还是不饱和。有一天,我们自发地对彼此说:"试试进口吧,从家居产品开始。"

1994年4月,我们双双辞去工作,我也从纽约搬到了马里兰州,开启了创业生活。长期的绝望与改善生活的渴望交织在一起,这是一次置之死地而后生的大胆尝试。我们的开销很小,租了一套500美元的公寓,日子过得紧巴巴。通过王勇之前的工作,我们还攒下了3万美元,虽然数目不多。那年夏天,我们回了趟中国,一边考察各式产品,一边思索哪些产品可能会引起美国人的兴趣。8月,我们带着窗帘、绢花、音乐玩偶、精美纸扇、汽车坐垫和一些蜡烛的样品回到马里兰州。

由于不了解零售业的季节性,我们当时的时间安排很不凑巧。后来才知道,大型批发贸易展通常在6月至8月举行,小型夫妻店都会早早下节日订单,这样产品就可以有条不紊地生产、发货,10月就可以收到货,远远早于圣诞假期。到了9月,我们带着样品到达时,许多商家早就囤好了货,因为他们夏天就在亚特兰大和纽约的大型礼品展下了订单。不过,我们在清点样本做进一步调研时,发现北卡罗来纳州夏洛特市的礼品展几周后才开始。如果现在不参加，就得等到明年1月了，于是我们购买了一个10×10英尺[①]的展位，作为首次创业亮相。这次的目的是展出手头的产品，测试一下美国的消费市场。王勇和我倾尽储蓄，又从父母、朋友那里借了点钱，最终充实好库存，我们的公司也在跌跌撞撞中起步了。

公司取名为"太平洋国际贸易公司"，这个名字听起来就是没有想好将来会做什么，但寓意着中国和外国之间的交流。我们在马里兰州的劳雷尔（Laural）租了一个办公间，前面用作展厅，后面是2000平方英尺的仓库。我们俩虽然是消费品领域的新手，但也不傻，坚决不会成为"皮包商人"——一个没有办公室、样品或仓库，只会从包里掏出创意和概念的销售员。王勇创业经验丰富，知道这种做法在美国是行不通的。我做过秘书、会计、销售员和仓库管理员，也有一定经验。我们还招了一个助手，一位来自马里兰大学的学生，她在放学后来帮忙。

1994年9月，我们把样品装到一辆租来的面包车上，向南

[①] 英制单位，1英尺约等于0.305米。——译者注（如无特别说明均为译者注）

出发。六个多小时后，我们左转时与一辆卡车相撞，面包车有点撞坏了，但我们俩毫发无损。我感到沮丧，毕竟出师不利。尽管如此，我们还是赶到了北卡罗来纳州的夏洛特，卸下东西后就布置展位。奇迹般的是，很多人对我们的样品感兴趣，来自佛罗里达、亚特兰大和其他南部州医院礼品店和夫妻店的人在 10 个产品类别中看来看去，但似乎都只被一样东西所吸引：发光蜡烛。

图 2-1
我参加夏洛特市礼品展，首次展出发光蜡烛等产品（摄于 1994 年）

晚上我们回到酒店后，百思不得其解，为什么60%到70%的订单都是蜡烛？我们从来没有料到这种产品会成为黑马。蜡烛这么小，没什么特别引人注目的地方。那时的中国没有自己的蜡烛行业，从小到大，我也没有想过，晚上点蜡烛可以提升氛围感。蜡烛只是实用物品，在家里意外停电时才用得上。蜡烛也是举办庆典、祭祀仪式的必备物品和宗教用品，在我的家乡杭州，红色锥形蜡烛就摆放在佛教寺庙外静静燃烧。

在为期四天的展会期间，几乎每一份零售店订单上都有蜡烛。原来蜡烛在美国这么受欢迎！我们激动得每晚都睡不着觉，眼巴巴渴望着白天降临，去展会上认识更多顾客。每晚结束工作后，我们赶回酒店房间，将当天的订单发传真给在马里兰州的助理，好让她立即发货。她的效率越高，我们就能越快地清理库存和重新订购。

在20世纪90年代初，亚马逊（Amazon）的超级商店还未占领零售业。相反，那些夫妻零售店在城市和郊区的购物中心经营得如火如荼，梅西百货和彭尼百货之类的百货公司通过光鲜的册子宣传自家产品。现在的零售业主要集中在线上，形式更加集中；但那时候，零售是极具个人色彩的，我们接触的小店主都是瞄准特定的细分市场，对消费者的偏好、零售和整个行业趋势有着深刻的了解。我们迫不及待地与这些同行交流，讨论当前趋势，更喜欢看到他们走进我们的展台，被发光蜡烛所吸引。

王勇主要负责技术，专门回答有关蜡烛使用时长、寿命之类的细节问题。他还需要将最新的销售量和库存制成表格，熬夜将这些数据打电话或发传真到中国。他彬彬有礼，待人接物时细致入微，客户都很喜欢他，尤其是年长的客户。他终于可以在社交和商业场合中再次发光。当时我也终于遇到了那种让人倍有成就感的挑战。我开始掌握美国南部和中西部地区的各种口音和方言，读懂肢体语言（像我在世界银行工作时一样），在闲聊中创造新的人际关系，同时又抓住一切机会敲定订单。

事实证明，第一批客户中的大多数人在收到货后的几周内会再次下订单，这让我们备受鼓舞。从1994年秋天开始，之后的四个月时间里，我们加班加点，只为了让客户满意，库存充足。一家来自田纳西州的连锁店（Kirkland's）在一场展会上认识我们后，在秋季和假日订购了价值约10万美元的蜡烛。回忆那段日子，我还是感到不可思议，蜡烛竟然产生了这么热烈的反响，我们在第一年内就交付了如此庞大的订单。这种成功是前所未有的，因为我们没有接受过零售商业培训，也没有任何营销和投资背景。对大多数小业主来说，通常需要 10 到 15 年的时间，才能创造出我们当时的利润。

到 1994 年年底，我们的订单价值已经超过 50 万美元，而且正式实现盈利。几年来，我和王勇第一次感到自己很能干，也很专业，于是邀请手下两位员工一起庆祝，地点在当地的一家中餐馆。后来，这场以卡拉 OK 为主题的晚餐变成了一项长达 20 年的传统：每逢圣诞节或春节，员工们都会聚到一起。通常，我们会在公司聚餐，每位员工带上一道最喜欢的菜与大家分享。

为了继续庆祝，王勇和我在圣诞节期间又飞往佛罗里达，去迪士尼乐园玩了一圈。对没有孩子的夫妇来说，这似乎是个奇怪的选择，但作为新移民，我们真的很想探索这一地标性建筑。而且，我们在这里也没有家人，马里兰州的冬天沉闷无聊，去佛罗里达避避也是好的。圣诞节过后，我们兴奋地回到工作中，开始为明年的大型贸易展做准备。

1995 年 1 月，我们前往芝加哥，参加全国家居物品展。为了节省开支，我们在郊区的红屋顶馆租了一间 40 美元的房间。开馆当天，我们在路边吹了 45 分钟的刺骨寒风，才等到开往市中心的班车。我们的摊位就在出口旁边，冷风一阵阵往身上灌，即使戴着手套，手指还是僵硬到无法抓住货品，更不用说把它们稳稳地放在货架上。

一股悲伤涌上心头，我开始怀疑自己。"这种谋生方式太艰难了。"我对自己说。我们无法享受成功，也没法给自己发工资，因为必须把利润源源不断地投入更多的库存中。但随着人潮涌入，这种自怜很快就消散了，我一下子又如同打了鸡血一般，不知疲惫地与客户、供应商打交道。客户越来越多，我的疑虑完全不见踪影，到展会结束时，全美约有600家夫妻零售商和两三家大型百货公司成了我的客户。

我们离开芝加哥时情绪高涨，还准备前往曼哈顿的雅各布·贾维茨中心（(Jacob Javits Convention Center），参加美国批发界的"超级碗"：纽约国际礼品博览会。但现实给我们浇了一盆冷水，似乎没人对我们的产品感兴趣，也没有人停下来询问。"这看起来挺适合圣诞节的。"一些人说，意思是这些东西在圣诞节过完后就过时了。在之前的展会上，我一直忙于写订单，与人交谈，但这次无事可做，所以就去看看别人的展位。我从未见过这么多不同种类的产品，50多家公司是做装饰枕头的，其中一些带有复杂的印度设计，不由得让我想起指甲花彩绘，另一些则是文本对话风，用中性色调凸显"MOM"等字样。

沮丧的是，大约 200 个摊位都摆出了不同阵列的蜡烛。它们外表相似，装在罐子里，颜色单调，但都散发着香味。我停了下来。虽然我一直认为消费者购买蜡烛是因为漂亮的外观，但现在发现，香味也很重要。你想啊，家庭主妇在做完家务后，点蜡烛成了一种仪式，可以给刚打扫过的地方带来清新的气味和温暖放松的感觉。我终于意识到，蜡烛是大家买得起的奢侈品。在假期后的那段时间，我没有去零售店看看，所以只把蜡烛当作装饰性物品。殊不知，蜡烛可以帮助人们提升心情和活力。

原来我的产品还有这种功效！我又进入战斗状态，决心纠正这一错误。那个月底，我计划去欧洲参加每年在德国法兰克福举行的全球贸易盛会——法兰克福国际春季消费品展览会（Ambiente）（以下简称消费品展会），到时候可以找找设计灵感。虽然大多数贸易展都是主打礼品，但这次展会是以工业为亮点，包括家居、室内设计、厨房用品和小玩意儿等。我和王勇仍然是磕磕绊绊的创业者，从杜勒斯机场乘坐红眼航班飞往法兰克福。下飞机后，睡眼惺忪的我们来到了法兰克福中心火车站附近的一家廉价酒店。

德国正值严冬，但展会里面五颜六色，热热闹闹的。我走在过道上，放眼望去都是沙发、咖啡机、餐具等。这时，我注意到了手工陶器，有些产品用的是光泽釉，有些是哑光釉。我又看到了玻璃，一些是石饰面，一些是酸洗。还有些家居主打有机触感和纹理，没有漆面的天然木材散发着和谐自然的气息。这不由得让我对比起来：上个月的纽约国际礼品博览会布展仍然采用了布鲁明代尔百货那种传统配色，但在欧洲的展会上，各种展品用色大胆、生动、前卫，明亮的黄色和橙色可以和清爽的海军蓝和淡紫色搭配在一起。一切都显得更优雅、干净，让人眼前一亮。

不管是玻璃、木材还是陶瓷，不管是大型家居摆设还是简单的抱枕，质感纹理和个性表达才是最重要的元素。欧洲人把唐娜·卡伦（Donna Karen）和卡尔文·克雷恩的时装理念融入了家居装饰中，我在逛布鲁明代尔百货商店时产生的想法在这一刻成为现实，但这种领悟还没有嫁接到蜡烛上。我看到了熟铁和铜浇筑而成的深色烛台，外形是扭曲的树干，但创作到这里就结束了。在欧洲，人们在餐桌上放的那些细长蜡烛，无论是许愿蜡烛还是锥形蜡烛，依然备受欢迎。不过，在旁边外形前卫大胆的家具的对比下，它们瞬间失去灵魂，颜色沉闷，也没有半点芳香。

从美学角度看，欧洲蜡烛制造商与美国大型蜡烛公司非常相似，都喜欢森林绿、桑葚紫和淡蓝色，我称之为"奶奶村"色调。我倒不是贬低这种风格，毕竟，这种乡村风当然具有一定的市场。但我对乡村风并不熟悉或留恋，而是热衷于当代设计，在白色背景板上铺开大胆、创新、充满活力的色彩。我几乎已经闻到了心仪的香味，这也是我第一次将目光瞄向嗅觉。

我把现代家居装饰的理念融入蜡烛生产中，就像是时装业做纺织品和欧洲人做家居装饰一样，一切都似乎触手可及。在法兰克福，我意外发现了自己想要捕捉和传达的美学。现在可以确信，我们公司的未来取决于新一代的蜡烛产品，而且这个蜡烛会散发出令人心旷神怡的香味，整体颜色大胆新潮，标签也是清新明快的。

不过，最重要的创新在于设计。我不喜欢批量生产的锥形蜡烛，这种蜡烛的表面像塑料一样。我想让蜡烛的表面富有纹理，就像在德国看到的装饰品一样。欧洲当代家居的奢华和精致，我的蜡烛也可以拥有。如果我对时尚有所研究，就会意识到，极致的奢华往往在于质感和色彩的双重作用。但当时的我不懂，只能靠直觉。从小我就喜欢光滑、带有一定色泽的丝绸质地和柔软的亚麻质地，现在长大了，这种热爱终于走进了我的事业。那天我情绪激动，几乎要哭了，我终于找到了自己公司的市场定位和我广阔的人生目标。

被烧掉的气味

时间来到了1996年年初,就在我思考产品转型的时候,我们的发光蜡烛公司经营得红红火火,办公地点也搬到了马里兰州上马尔伯勒的大型工业园区内,那里的仓库更大,办公环境也更宽敞,可以容纳更多员工。我还在马里兰州的克朗斯维尔买下了一所普通的房子,房子比较偏僻,价格实惠,未完工的地下室为我提供了一个绝佳的实验场所。

我们招了一些销售代表去挨家挨户推销,向人们介绍发光蜡烛的魅力。我还招了一位销售经理——莎朗·沃尔什(Sharon Walsh),她来自纽约,是个老烟枪,也是一位经验丰富的珠宝行业的从业人员。事实证明,莎朗给我们带来了不少重要订单。另一位加入我们的是王勇的朋友理查德·朱(Richard Zhu)。他的父母都是北京的顶尖教授,他和我们一样,在那个知识分子上山下乡的年代,想方设法努力学习。由于没有受过多少正规教育,理查德只能在宿舍看黑白电视,通过教育频道学习英语和数学,最后像我一样考上了精英私立学校。大学毕业后,他在机械工程公司(Dapoly)工作,挣的钱是其父母的六七倍。在那里,他认识了王勇。

图 2-2
理查德·朱（Richard Zhu）在马里兰州上马尔伯勒的办公室办公（摄于1996年）

后来，理查德又分别在一家美国医疗器械公司和IBM工作过，最后加入了我们公司，与我们一起住在靠近切萨皮克湾的小家里。在随后的20多年时间里，他担任过各种角色，最初帮助我们处理订单、管理仓库、负责包装和运输、管理应收账、处理收款和付款，有时候还需要取出好几托盘的产品，开着叉车在仓库里忙活。我们一起工作到深夜，共进晚餐，周末去当地商场寻找新的蜡烛产品和家居时尚产品，好让自己跟上潮流。理查德最终负责运营，帮助公司从一家小型发光蜡烛供应商成长为以设计为主导的行业领头羊。

理查德加入公司的时候，我开始思考蜡烛的色彩和香味。为了尽快熟悉这个行业，我自己去找老师，创造研究机会。没有大学课程或职业课程会教授蜡烛制作，更不用说教授如何获取颜色或把香味注入蜡烛里。美国很多行业都缺乏这种基础设施和培训，因为他们喜欢把制造业转到国外。我在中国长大，但也没起到太大作用，因为中国本土也没有香氛行业，虽然会把肉桂、檀香和茉莉花等香料出口到国外，但也仅限于此了。

尽管埃及人、波斯人和阿拉伯人研制出了软膏和香脂，但现代香氛行业起步于法国南部的薰衣草田和玫瑰丛，化学家在那里提取了天然香味，并应用到食品和化妆品中。世界上最好的香料供应商通常也以供应食用香料闻名，因为口感和香味是与生俱来的搭档。香料可以增强食物的天然风味，改善味道和色泽，尤其是在食物不易储存的时代。

我从法兰克福回家后，让客户推荐一名香氛老师。好几个人都提到了馥榄公司（French Color & Fragrance Company）的创始人彼得·弗兰奇（Peter French），他后来成了我的香氛导师。1996年某个春日，我和理查德坐上他那辆破旧的三门轿车，前往彼得设在新泽西的实验室，其实就在乔治·华盛顿大桥的对面。彼得当时60岁出头，十分讨人喜欢，他向我们介绍了蜡烛着色和香氛注入的门道。我们才知道，烛用蜡在相对较低的温度（37℃）下熔化。这个熔点最适合将染料和精油加进去，或者利用蜡的可塑性来制成圣诞树、复活节彩蛋的形状，要么就直接制成圆柱形生日蜡烛。彼得教我们如何防止紫外线，如何均匀地混合颜色和香味，避免大块色素沉积或蜡烛过早变灰，更好地让香味在蜡烛的生命周期内均匀散发。那天，我们带着满满的知识和 10 个香水及染料样本离开了。我心中早已确定好未来产品的色调和香味，所以只购买了必要的那几种，避开了森林绿、海军蓝，或者任何让人联想到浆果颜色或味道的东西。

原料齐全了，但订购的蜡烛模具还没有到货，于是我在家翻箱倒柜，看看是否有合适的容器。之前吃完坎贝尔汤罐头后，我会把罐头盒洗干净、烘干，放在厨房的回收箱里，现在就派上用场了。我拿着空罐子来到地下室，放在特意为实验买的电炉和大金属锅旁边。按照彼得的方法，我开始熔化蜡，加入色素和精油。一个罐子是薰衣草香搭配薰衣草紫，一个是法国香草搭配柔和白，一个是新鲜蜜露搭配灰绿，一个是向日葵香搭配明黄，最后一个是大胆的设计：橙香搭配橙色。

第二天早上一睁眼，我就急急忙忙跑下楼看实验结果，但眼前的一切让我倒吸一口气，我竟然忘记放增透剂了！这种化学物质可以均匀地混合颜色和精油，让蜡烛生成大理石般的表面。现在，由于混合不均匀，一些奇怪的雪花状物质覆在蜡烛上。不过，塞翁失马，焉知非福，这不就是我梦寐以求的独特质地吗？

如果我从未去德国参加过贸易展，从未想象过如何制作蜡烛，可能会及时纠正这一错误，重新加入增透剂。但我心意已决，坚定地守护着自己对尖端消费者品位的理解以及潜在的市场潮流。这种质地和美学上的突破，可能会彻底颠覆蜡烛制作行业。

那天早上，我在地下室表演胜利的侧手翻，虽然并不知道这些蜡烛最终会把我引向何方，但有一点是明确的：我可以借助蓬勃发展的中美贸易关系，把时尚界新潮的图案和色彩引到家居装饰的某些领域。构思好这一愿景和业务后，我对自己有了新的认识。一直以来，我总是被注定要失败的厄运所困扰。读书的时候成绩不错，但每次临近毕业，我似乎都会遇到一些重大挫折，毕业后的工作不尽如人意或受人剥削。但此刻的我突然意识到：徐梅，一个从小就生活在别人光环之下的二女儿，一个胆小怯懦的她，做了最冒险、最勇敢的事，她终于有自己的生意了。

综观全球，尤其是在中国，所谓的商人贸易一直饱受歧视。许多人认为，在"微不足道"的消费品市场创业是不体面的。

图 2-3
第一批诞生于徐梅家地下室的千诗碧可蜡烛（摄于 1996 年）

不过，此刻的我并没有意识到，当我努力进入全球零售市场、国际供应链版图，与美国那些大型零售商激烈谈判时，之前的外语和外交学习都起到了不可或缺的作用。我当时很天真，认为轻轻松松就可以把自己那一套审美嫁接到蜡烛上，让海外工厂按要求生产，然后将成品运回美国，最后，我再把货物批发给各大零售商。对于潜在的物质和地缘政治障碍，我都一无所知，乐观的我只看到了各种可能和机会。

诚然，多亏了美国的创业生态体系，我才可以孕育想法，拿到市场上测试，最终取得成功。难怪这么多移民来到美国，成长为企业家。企业家精神和移民精神是有一定共通之处的，那种超自然的乐观主义像蜡烛一样燃烧着，指引我们超越卑微，踏上冒险之旅，直到迎来成功。不知怎么，我走上了这条路。五年前，我作为一名"外星人"降落在杜勒斯机场；五年后，我几乎就要实现自己的创业梦了。

创业时机极为重要。王勇和我在20世纪90年代中期进入市场，当时正值中美经济关系蜜月期。

勤勉对创业来说更为重要。这么多年来，我一直在测试市场、评估产品，并根据零售客户和消费者的反馈，以及全球参展经验来改进产品设计。

如果你是移民，最好放弃完全融入当地社区的想法。你需要紧紧抓牢自己丰富的文化背景，去捕捉文化潮流，找到适合自己的市场。

如果你是土生土长的美国人，试着从移民的角度看待问题。

我虽然没有受过相关训练，但建立了以设计为中心的商业版图，这归结于我对艺术的毕生热爱和挖掘文化、时尚趋势的独特能力。你觉得自己有哪些独一无二的创造力？

3

遇见切萨皮克湾

我在 20 世纪 90 年代初抵达美国时，切萨皮克湾风景宜人，码头优美，夏天还能看到瑰丽的日落，但大多数美国人都只是远远地欣赏这里的宁静祥和。切萨皮克湾地处大西洋中部，森林砍伐、过度捕捞和工业排放都对当地环境造成了毁灭性的打击，海湾的牡蛎和鱼类产量急剧下降，划小船、皮划艇等休闲活动日益减少。

大约在 1996 年，我开始在海湾散步，研究附近地形，逐渐爱上了自然风光。春日，帆船的三角帆被风吹得鼓鼓的，人们坐在 V 形船只上开心地挖牡蛎。周末，水手们鼓捣着各种船只，穿着类似深褐色系带拖鞋的鞋子，要么在钓岩鱼或蓝蟹，要么陶醉于海面的温柔涟漪。

在切萨皮克湾，我找到了之前一直求而不得的东西：沉浸在自然中的平和。城市里的公园和娱乐场所都刻意点缀着树木和花卉、亭台楼阁和人造岛屿。而在这里，除了几座桥梁和隧道外，没有留下太多人工痕迹，切萨皮克湾给人一种天然，甚至是野生的感觉。沿岸小镇和农舍散发出轻松、绵长和休闲的气息。整个海湾生态系统还有风雅之趣。

切萨皮克湾幽静整洁，我在这里可以静下心来，认真思考事情，这是属于我的小天地。与迈阿密海滩或纽约不同，切萨皮克湾不是旅游胜地，也没有所谓的全球形象。它历史悠久，但从来都不是最亮眼的。这是个宽容的地方，孕育无限可能，允许我做实验，不断试错。就这样，切萨皮克湾成了我的私人绿洲和艺术画布，我不断释放灵感，最终创造出独特的香精、质地、香味，甚至是公司的新品牌和新形象。

1996年一个明媚的春日，我来到这里遛狗，当时养了一只德国牧羊犬，名叫谢尔。遛着狗，我瞥见深蓝色的海面有一簇洁白的船帆，就在这一电光石火间，新公司的名字变得清晰可见，就叫作千诗碧可（Chesapeake Bay，意为"切萨皮克湾"）！我们的特色是少用增透剂，生产的蜡烛具有独特的质地、香味和时髦的色调。对我而言，切萨皮克湾就是美国东海岸的一颗明珠，公司的名字也是向她致敬。美丽的海岸和自然景观让我第一次体验到大自然之美，激发了我的设计灵感。殊不知，因为那天的决定，我在接下来的30年里都扎根于马里兰州，工厂也设在这里。

全新的品牌标签也浮现在脑海里，它绕着蜡烛周围形成一条带子，有种低调的质朴，可以唤起切萨皮克湾清新的春日气息，还有杜鹃花的清新色彩和温和的植物香味。就像这里的海水一样，我希望自己的品牌可以带来简约、优雅和朴实的感觉。我一生都被这种美学所吸引，年轻时喜欢简单的纯色，而不是多彩的调色；成长为囊中羞涩的青少年时，开始用流畅优雅的线条来体现精致感。现在，我希望用户外、半透明和有雪花般质地的饰面来表达这种美学，就像海湾泛起涟漪的春水一样，这是霸占蜡烛市场那种光溜溜、塑料般的饰面无法比拟的。现在，在"坎贝尔汤罐头盒实验"之后，我在1995年法兰克福消费品展会上看到的家居装饰风吹到了蜡烛这里。感谢大自然的灵感，我终于把这种美学融入新品牌中了，而且贴上了专属标签。在这个决定命运的春天，我的新品牌终于照亮了现实。

24 小时不停燃烧

1996年5月，在推出新样品之前，我们需要新的品牌标识。一直以来，王勇和我都充当着中间商的角色。但继地下室实验之后，我创造出了独特的蜡烛产品，它们具有独一无二的颜色、香味和质地。现在，我需要专门成立一个品牌，一个具有鲜明大胆理念的品牌。

千诗碧可主打设计，力推优雅精致的家居装饰。为了向消费者传达这一市场定位，我努力通过字体等设计元素来创造品牌价值。由于在中国长大，我一直对书法艺术充满兴趣。书法历史悠久，难度极高，在各地备受推崇，甚至可以作为教育和美德的衡量标准，关键时刻还可能决定命运。练习书法需要平衡和耐心，因为你必须老老实实握着毛笔顶端，让柔软的笔头吸满墨水，再开始精心塑造复杂的汉字。对许多人来说，这也是一种自我保健活动，类似于冥想或瑜伽。

我技艺不佳，但姐姐和父亲却练得一手好字，感谢他们的熏陶，我可以心无旁骛地欣赏这门艺术，尤其是笔尖传达的细微差别。我刚到美国时，就特别注意到时尚杂志、报纸、书籍和产品包装上的字体，它们与我从小接触的各类字体颇为相似。

在我看来，字体事关艺术表达和设计，尽管其他家居装饰公司可能对此不屑一顾。

选择字体也是一波三折。最初被新罗马所吸引，这种巨大的衬线字体在大写字母的底部包含衬线，让我想起了中国书法的楷体。那年夏天，在确立新公司名字后，我对世纪哥特体又产生了浓厚兴趣，世纪哥特体属于无衬线字体家族，没有多余衬线和褶皱，这种大胆的几何图案正好与我自己和新品牌的气质相符。在20世纪90年代末，我们几乎所有产品都采用了世纪哥特体。这种字体看似简单，却让人眼前一亮，既提升了设计品位，又不会让标签的其他元素黯然失色，比如纸张颜色和质地。

1996年5月，我去杭州一个周边小镇出差，那时才意识到，并不是每个人都喜欢我低调优雅的新品牌。这次的目的是向一家大型蜡烛制造商介绍千诗碧可的新产品，看看他们是否有兴趣合作。结果，经理和销售代表拿起样品，一边端详一边眉头紧锁。我那不平整、有雪花纹路的蜡烛让他们大为震惊，其中一位经理直接抱怨道："这根蜡烛的雪花太多了，那根不够！"

"这才能最好地体现全手工制作！"我回答。

他的反应合情合理。大多数主流蜡烛都会添加增透剂，这样就可以产生平整均匀的效果。增透剂尤其适合大规模生产，还能保证利润。相比之下,我的新蜡烛更像是件独特的艺术品,每支都极具个性,散发出天然的气息。

他们对调香也持怀疑态度,于是我解释彼得是如何在新泽西的实验室里合成这独特香气的。

"不不不。"一位销售代表回答,"我们不会从美国购买香料,用在从未在中国测试过的东西里,然后又拿到美国销售。太贵了,我都不知道怎么报价了,还是算了吧。"

他们对复杂操作的担忧也是可以理解的。当时,我都不知道有谁会这么做——向中国出口材料,将其与当地的材料混合,然后将成品运回美国。由于新蜡烛设计复杂,我一次只能订购一个 20 英尺集装箱的库存。和很多企业一样,这家中国公司喜欢稳定的大订单。不出意外,他们拒绝了我。

这次见面不欢而散,我一路沉默地开车回到杭州,和姐姐徐力抱怨发生的事情。那时,姐姐的女儿刚刚出生,一家三口住在一套普通的两居室公寓。他们那时已经成了我和王勇的生意伙伴。一年前,我和他们讨论发光蜡烛这门生意时,就意识到自己并不是家里唯一一个梦想创业的人,他们也想加入。姐夫在杭州大学担任数学教授,姐姐在杭州一家计算机厂工作,生活总体过得去,但和当时的许多年轻人一样,他俩渴望有机会创业。

杭州的风气也起到了一定作用，当时，杭州正迅速成为创业圣地。虽然中国在 20 世纪 70 年代末开始开放经济，但直到 90 年代初才加快步伐，也就是在邓小平著名的 1992 年南方谈话之后。三年后，中国向世界各地出口纺织品和电子产品，从装饰圣诞灯到高科技电脑，不一而足。20 世纪 90 年代中期，我还看到杭州各地涌现出更时尚、更小众的服装、面料和家居装饰初创公司。到了 1999 年，这些公司将会置身于更大的市场，因为马云和他的一群朋友在杭州的一间公寓里创立了阿里巴巴。如今，阿里巴巴已经成了全球最大的电子商务和零售公司之一。

这种巨大的商业成功也意味着中国出现了深刻的变化。一直以来，教育是实现社会流动的唯一途径，教育的目的也是帮助人们在考试中拔得头筹。在中国长达几千年的历史中，要想在朝为官，无论是文官还是武将，要么你出身显赫，要么通过考试。因此，商业和商人一直是为人所不齿的。

客观来说，王勇和我第一次涉足商业时，就体会到了这种根深蒂固的偏见。我们这次回国，是为了看看有什么材料可以拿到美国市场卖的，然后继续壮大发光蜡烛生意。这种操作注定难以为继，你不可能一直都跟着所谓的潮流，或者靠倒卖赚差价。我后来才明白，要想真正成功，就必须在供应链的每个环节增加价值，同时打磨、重塑自身技能和素养。

姐姐和姐夫最初想着利用他们的计算机技术背景，抓住中国电子产品潮，开一家咨询公司。不过，他们还是在1995年成立了一家小工厂来生产发光蜡烛。两年后，姐姐听到我抱怨找不到合作商时，好奇地问："如果我的工厂要生产这种香味蜡烛，需要什么东西？你又需要什么？"

我向她展示了样品，还提到目前面临的困难。我需要这样的制造商：愿意使用来自美国的香料制造蜡烛，然后将小批量成品运往美国。与发光蜡烛不同，这次需要更多的资本投资、更大的工厂面积，财务风险也不容小觑。

姐姐和我对制造业、工业机械了解不多，也没有设计经验，更别提经营这种工厂了，但我很信任姐姐。当天下午，她就给姐夫打了电话，向他解释生产香薰蜡烛的想法，不久后，他们就升级了生产设施来生产千诗碧可蜡烛。和家人共事可不容易，我和徐力有时处得很好，双方都很有成就感，但有时也免不了剑拔弩张。为了避免误会，同时也为了保证双方的创业性质，我从未将彼此的关系理解为"合并"，合作伙伴关系才是名副其实。姐姐和姐夫成立经营着自己的公司，生产我设计的蜡烛，然后将成品卖给千诗碧可进行销售。

让姐姐和姐夫成为合作伙伴至关重要，但我们还是资金不足。20世纪90年代中期，中国的风险投资者投资了不少创业项目，但大都集中于科技或生物医学方面的重大创新。风险投资领域对商人的偏见依然不减，我也慢慢接受了这一现实。有时，我都不好意思说自己的新生意是卖蜡烛。每当我向投资者介绍自己时，他们总是很困惑。

"你做什么？你卖什么？"

"我卖香薰蜡烛。"我经常这么回答。

"是的，香薰蜡烛能拿来干吗？"

询问蜡烛功能的投资者不是我要找的人。于是，我不再到处拉投资，家人以10%至15%的利息借到了钱。

就这样，我们完全靠自己的力量启动生产。100万美元借款，加上自己的积蓄，我们位于杭州郊区的小工厂就建好了。1995年夏天，我们计划在这里生产新产品。父亲一辈子都在工厂工作，他为新工厂做出了最大的非财力贡献。几年前，他发现了一家废弃的制造厂，位于他们公寓以北约30分钟车程的地方，离曾经工作过的钢铁厂也很近。这片区域的农民渴望获得更多财富，于是借着国家大力发展工业的东风，他在附近建造了这些小仓库，这里也变成了制造园区。拿到这些设施是一个重要的里程碑，但我几乎已经不记得工厂的样子了，因为它很不起眼，面积不大，主体是一个简单的开放式单层仓库，四周有几个封闭的办公空间。

和筹钱相比，启动生产更令人望而却步，因为现在不是在地下室做实验，而是要经营一家工业规模的蜡烛制造企业。我父亲动用了人脉，请了一位经验丰富的经理，还有 20 多名入门级员工。

为了保证产品质量，我们在工厂里设立了一个燃烧实验室，开始产业化运作。每周六天，我们 24 小时不停歇燃烧每一组颜色、染料配方，以此衡量烛芯的耐用性和一致性，建立均匀稳定的燃烧时间。用石蜡很难达到产品的一致性。很多人会觉得，石蜡作为石油精炼的副产品，是一种肮脏的物质，但它实际上很干净，是传达色彩、香味的理想介质。自 19 世纪初发明石蜡蜡烛以来，石蜡就成了蜡烛制作的主要原料。此前几个世纪，西方一直流行使用牛油（或动物脂肪）蜡烛，但这种蜡烛气味刺鼻、性能不佳。

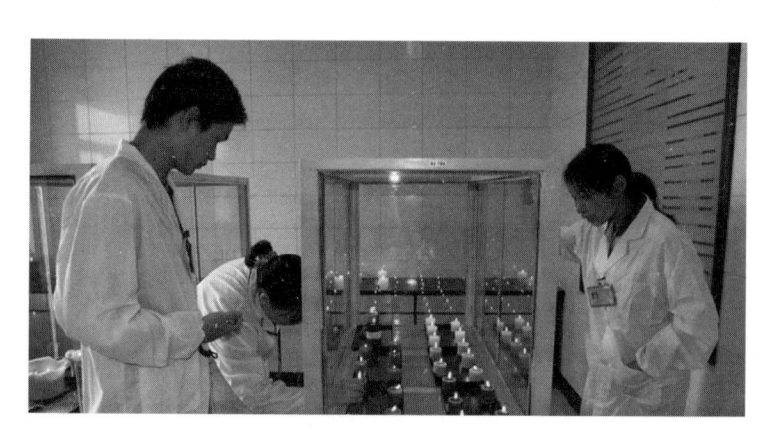

图 3-1
工程师在中国工厂的实验室里测试蜡烛性能（摄于 2004 年）

但石蜡也会让人头疼不已。我们使用的石蜡来自中国东北，那里丰富的农业矿产和天然气储量为全国提供了能源和暖气，母亲当年就是去东北锻炼的。不同油田和炼油厂送过来的蜡呈不均匀白色块状，类似于比较轻的大岩石。虽然标签上写着"高度精炼"，但有时还是能闻到汽油的味道。想象一下，将淡淡的植物香氛注入闻起来像汽油的蜡中，很奇怪吧？

有时，石蜡质量因地区而异。来自东北的批次可能外面有层土，来自西北的可能纯度更高。很多时候，同一炼油厂的石蜡质量也不尽相同。石蜡是我们产品的核心成分，但质量的参差会改变熔点，进而改变蜡烛性能。即使 20 世纪末以来取得了许多技术突破，但石蜡的标准化处理依然是个难题。

不过，即使取得了一定程度的一致性，石蜡与精油、染料的相互作用也会影响蜡烛燃烧，不同香味的稳定性也会影响燃烧时间。拿每家蜡烛制造商的主力产品——白色香草蜡烛来说，香草风靡全球，是法国香草冰激凌等食品和香草豆保湿乳液等消费品的重要原料。但香草又比较罕见，主要生长在马达加斯加和大溪地，香草豆的质量容易受到降雨量、日照等因素的影响。就像天气会影响葡萄生长，进而影响葡萄酒质量一样，香草这类天然产品也会影响蜡烛香味、燃烧时间和整体性能。考虑到每批蜡烛的生物化学性能不同，加上不同精油和颜色的作用，我们的品控经理一直在努力修改产品配方。

做完这一切后，工厂员工终于生产出蜡烛样品，送到马里兰州的办公室，用于参加零售会议和贸易展览。1996年冬天，在香薰蜡烛厂投产仅两周后，预生产团队就制定了一项宝贵的政策：进行非通风燃烧测试。也就是说，燃烧实验室需要远离通风口，因为气流会导致蜡烛无法均匀燃烧。于是，我们把燃烧实验室改装成一个小香盒，放在一个 4×2 英尺的玻璃外壳内，除了一个盖着垫子的小孔外，完全密封。这个小孔可以让我们观察蜡烛燃烧，闻到香味。

那年冬天，我们的生产工艺慢慢成形：先熔化大块粗蜡，迅速将它们转移到小桶中，小桶借助轮式推车沿着地板滑动，工人收到小桶后，将提前称好的染料和香氛倒进去，再转到流水线下一个环节。其他工人收到这堆充满了千诗碧可特有颜色和气味的热蜡混合物后，将它们倒入手工单独制作的金属蜡烛模具中。接着，蜡烛需要冷却 8~10 小时。凝固后，工人们在每个蜡烛底部钻一个洞，放入蜡芯。最后，抛光蜡烛，涂上收缩膜，贴上标签，包装好等待运输。

我和姐姐，以及全体员工，还是从惨痛的失败中学到了最宝贵的经验。1996 年一个冬日，我们不小心将石蜡的熔化温度设置得过高，整批蜡烛都没有一丝标志性香味。我们竟然把气味烧掉了！还有几次，独特的香味和染料配方导致蜡渗出油，产品边缘的蜡变黑，再次导致燃烧时间不一致。通过反复试验，我们了解了生产线和冷却线，学习了如何正确加热、储存香料和石蜡，如何拉直蜡芯，如何保证产品稳定性、独特性，以及生命周期的一致性，还从航运、库存和供应链管理、采购方面的错误中吸取教训，逐步建立了标准化操作程序。并不是说我们的早期操作是最先进的，实际上，当时的石蜡仓库就是办公楼后面那片地，裹在运输袋里的石蜡就堆在一起，最外面套上防水布。

我们不断地从错误中学习，更新标准化操作流程，也逐渐明白：这场冒险是多么的困难。大多数商家都失败了，即使他们更有钱，掌握的专业知识也更多。直觉告诉我，如果这次成功了，自产自销将是我们的核心市场优势之一。毕竟，像大多数洗剂和药水品牌一样，美国大多数中小蜡烛品牌都是将生产外包给原始设备制造（OEM）公司的。

对我而言，最关键的是，放弃自家生产就意味着放弃创新。如果你不掌控生产，就只能依赖标签和包装在市场上脱颖而出。虽然这些因素也很重要，但创新的香味、质地和颜色才是最大特色。如果无法掌控生产，我的蜡烛只会平淡无奇。

生产经验和资金不足，我们就从营销这一块弥补。依靠之前的发光蜡烛公司，我积累了600多位客户。这些夫妻店遍布美国全国，或许可以成为潜在的销售商。我给每一家店都寄了一本印有新蜡烛图片的精美小册子，上面还印有新标签。我希望，这些发光蜡烛的客户能变成千诗碧可蜡烛的客户，一部分也好，这样我就可以打入市场。我们在上马尔伯勒工业园区的仓库里，等待客户的订单。渐渐地，电话和传真订单接踵而至。

图 3-2
设计团队准备推出新产品（摄于 2007 年）

1997年年初，徐力运来了千诗碧可第一批蜡烛。我们在马里兰州兴奋地围在20英尺大小的集装箱旁，打开里面的托盘，为全国各地的零售店送去了第一批订单。

在中国工厂开始生产的头几个月，我们取得了最令人满意的早期胜利——与布鲁明代尔达成协议。1996年夏天，我联系了这家百货公司的采购员，他们同意下单。但直到1997年春天，我回到纽约的布鲁明代尔看到自家产品时，才感受到这笔生意产生的影响。为了迎接春天，商家对我的石灰绿和白色蜡烛很感兴趣，我一下自动扶梯来到家居层，就看到了它们。沿着过道接着逛，蜡烛还是无处不在。令人惊讶的是，布鲁明代尔并没有把我的产品局限在一个货架或一个狭窄的区域，就像他们对待古驰（Gucci）名牌手袋或杜嘉班纳（Dolce & Gabbana）鸡尾酒礼服那样。蜡烛出现在橱柜里、餐具旁，还有客厅桌子上，旁边就是精美的英国威奇伍德陶瓷茶具。一些蜡烛还优雅地摆在卧室的茶几和浴室的架子上。总而言之，高高低低、错落有致的一簇簇蜡烛像是微型艺术品，给家具带来了春天的活力和希望。

看到自家产品交叉销售，彰显出大胆的生活方式，我应该感到无比振奋。在这里，我曾思考把自己在女性时装中发现的美学嫁接到家居装饰领域，现在，这一想法终于成为现实。那些清新大胆的绿色和白色蜡烛，犹如绿色苹果和白色郁金香，让这家本就时髦的百货公司更加充满活力。我的梦想实现了，更有意义的是，这家我最喜欢的百货公司一度是我在纽约那段昏暗日子的避风港，现在它不仅购买了我的蜡烛，而且让蜡烛遍布整个家居区。布鲁明代尔的市场地位很高，文化影响力极大，展示区一直是纽约时尚人士装饰家居的风向标。那天，我意识到，在那段时间里，纽约的公寓都会出现我的产品。随意摆放的蜡烛群可以为浴室增添乐趣，和设计各异的烛台搭配可以为餐桌带来无与伦比的魅力。

在家人里,没有人能比我更明白这一刻的享受。姐姐从未出过国,无法欣赏布鲁明代尔这样的商店,我那一辈子投身工厂的父亲也不能。我沉浸在自豪中,但只是片刻。即使在那天取得了非凡成就,也实现了职业生涯的里程碑式的胜利,我也清楚地知道,时髦这个东西起起伏伏,有一定的周期性。布鲁明代尔的采购员也是普通大众,喜好变化无常,他们可以让一度流行的品牌突然变得过时,无人问津。因此,我很快清醒过来,开始思考如何继续保持产品的时尚性和吸引力。

"季节性"标签

布鲁明代尔的成功尝试,为我与更多大型零售商的生意开了个好头。1997年,我有幸成了诺德斯特龙百货公司(Nordstrom)和贝德柏士比昂公司(Bed Bath & Beyond)的供应商。诺德斯特龙是一家以高端化妆品和女鞋闻名的一流百货公司,不过家居区销售一般,所以对我们的订单量没有太大影响。但不管如何,成为诺德斯特龙的供应商依然是个重要的荣誉。贝德柏士比昂一直是我很喜欢的商场，很多时候，我走进店里只为看看现有产品，然后带着砧板、设计新奇的清洁设备，以及制作薄西葫芦面条的塑料小玩意儿离开。与诺德斯特龙不同，这家公司对家居有着异常敏锐的嗅觉，会调动一切创新点，如以能将蔬菜切成各种形状的新鲜厨具推动销售。

在亚马逊出现之前，美国的消费行业更为混乱，我这样的小商家很难与称霸零售业的大型商铺打交道。以贝德柏士比昂为例，我在签署协议后才了解到，连锁店下的每家分店的经理都可以自行决定采购和重新订购，不需要考虑整个连锁店的进货、库存以及推广进度。这些分店的订单五花八门，我们需要把货物分散在仓库外的空地上，一个分店对应一张订单来分拣产品。分店有200到300家，工作量巨大，而且很容易出错。如果我们搞错了，商店经理和销售人员会打电话投诉，要求我们换货或打折，这对本就微薄的利润来说简直是雪上加霜。有时，产品的不一致性和独特性也会带来问题。我们在早期产品中注入了大量香氛，炎炎夏日里，货架上的蜡烛会渗出和颜料混合后的黄色、绿色或粉色的香精，商店经理和消费者都不甚满意。

即使一切都按计划进行，商店悉数收到高质量产品，他们也需要及时盘点库存，否则我们永远不会再次收到订单。我们无法插手产品订购或销售，商店经理才有这种权限。尽管贝德柏士比昂对新奇事物很敏锐，但商店往往塞满了各种产品，某些产品就容易淹没其中。设计自然的产品经常落得这种下场，因为人们更喜欢关注那些更花哨的东西。

在数字化时代前夕，许多商店对销售额和客户群体知之甚少。尽管每个大型零售商都可以根据供应商的销售数据来追踪库存量，但这些信息通常是落后的，也不是按商店划分的。也就是说，我可能一年向诺德斯特龙供应了 200 支香草蜡烛，但不知道在哪些分店或哪片区域卖得好。也许佛罗里达州和加利福尼亚州的店铺尤其喜欢某种颜色或气味，但我却无从知晓。这种模棱两可的情况并不是零售商的错，毕竟大数据、客户细分和高级分析的时代还未来临。大多数商店用的是每周一打印出来的销售报告电子表格，再凭借自己的背景知识和直觉来指导采购决策。

对大多数大型零售公司来说，我是一名季节性供应商，等待着春季和秋季这两大购买季来评估产品的受欢迎程度。我们通常会提前 12 个月与采购员沟通，订购 1 年后的产品，好为生产、规划和交付留出足够时间。春季是重要的零售季节，因为象征着冬天圣诞节后零售业萧条的终结，人们开始为春季和夏季购物。秋季就更重要了，人们开始返校、购买装饰节日的家居、添置冬天装备、准备节日派对用品,当然还要为重要的圣诞节做准备。我 60% 的订单都来自 9 月至 12 月,我们通常把这段时期称为"秋假"季节。

理想情况下,我会在夏末之前清掉春季库存,这样,我的零售客户会急着为 9 月至 12 月补货。但如果季节性实际销售比(消费者零售商术语,指从供应商发货后售出的库存百分比)很低,店铺就会减少再次下单。这时候,这种产品就难以在公司生存下去了,因为消费者很容易忘记他们在上一季订购的香薰蜡烛和品牌,会缺少品牌认知和消费延续性。

促销活动也让情况变得更加复杂。如果一家店铺在某个假日推出打折促销,那么销售量会增加,来弥补价格下降的损失。如果我们不能在降价时把库存清完,麻烦就大了。有时我的季节性销量很高,客户会重新订购。但有时,他们会在春季购买,到了 8 月依然还有我一半的库存。因此,不仅是我的销售数据不好看,零售商也只能把卖不出去的商品存放起来,而这时恰恰是为了迎接"秋假"腾出仓库和货架的时候,一切都焦头烂额的。

大多数公司都是像我这样的季节性小商贩,梦想成为大型零售商、补货供应商。无论是零售商还是供应商,供应季节性商品都很难做。如果一家大型店铺下了一份圣诞树灯订单,它是无法根据消费者的需求再次订购的，因为这是季节性的。由于无法长期追踪产品需求，厂家从未了解过自家产品的消费吸引力。相比之下，宝洁（P&G）、通用磨坊（General Mills）或强生（Johnson&Johnson）等补货供应商提供的汰渍（Tide）、脆谷乐（Cheerios）和婴儿润肤露等产品需要源源不断补货。1997年，我终于成了贝德柏士比昂的补货供应商，但由于缺乏数据分析，公司的库存和追加订购总是东一榔头西一棒槌的，我依然觉得自己是季节性供应商。

我从未真正了解过产品的市场表现。

一场惊心动魄的会面

那时，一旦空下来，我就经常去零售店转转，看看市场和竞争情况，以及最新设计潮流。和20世纪90年代末的大部分人一样，我对塔吉特（Target①）越来越感兴趣。这家总部位于明尼阿波利斯的零售巨头成立于20世纪60年代，在全美范

---

① target 意为靶心，也是美国零售巨头塔吉特的名称，这里是一语双关。

围内已有 800 多家连锁店。塔吉特的创始人来自美国中西部，基本走北欧风，休闲简约，同时又时尚有趣。因此，塔吉特被消费者贴上了时尚的标签，大家会打趣地用法语拼读商场名字，甚至称其为法国风情的 Neiman Target①。

1996 年年底，我去了趟马里兰州当地的塔吉特，商场的设计很时髦，整体布局犹如跑道，每个店铺周边都有一条大过道引导顾客。塔吉特的深红色靶心商标，就像牛眼一般，引导顾客前往店铺各个区域。货架排列很有品位，灯光友好明亮，虽然货架上堆满了产品，但依然不失条理。产品本身也很有趣，比如豹纹图案的毛巾、扎染涤纶浴帘、实惠的男式运动服，以及单条纹女式比基尼，看起来就和巴黎高档精品店的设计师套装一样时髦。

逛完可爱的运动衣和儿童礼品区，我去了蜡烛区。当时还是 1996 年年末，但塔吉特还是将蜡烛区打造成"山谷"，也就是两条面对面的货架，每个货架长 20 英尺，两端分别有展示架。这四个端架区可是黄金地段，摆放的都是最新潮的东西，主要是为了吸引喜欢潮流设计但不想逛蜡烛谷的顾客。

---

① Neiman Target 是美国以经营奢侈品为主的高端百货商店。

看着品种惊人的蜡烛产品，我深感诧异：原来蜡烛制作在过去十年已经如此成熟！20世纪90年代，蜡烛行业的规模每年都以两位数的比例增长，设计、材料、香味五花八门，还有配件，如茶烛（装在金属或透明PVC容器里的圆形蜡块）和芳香水晶珠。我还惊讶地发现，不同尺寸、设计复杂的香薰蜡烛已经取代了曾经一度让美国餐桌和床头柜增色不少的长条无味蜡烛。圆柱蜡烛优雅地摆放在小货架上，一些顾客还饶有兴趣地驻足欣赏。

这个时候，塔吉特决定与美国著名建筑师迈克尔·格雷夫斯（Michael Graves）合作。当时，负责家居装饰的副总裁罗恩·约翰逊（Ron Johnson）非常欣赏迈克尔的建筑和工业设计风格，于是聘任他为塔吉特第一位全职设计师。这一合作是历史性的，继凯马特和沃尔玛之后，塔吉特稳坐时髦宝座，迈克尔也因此名声大噪。

20世纪90年代末，在迈克尔的帮助下，塔吉特走在民主设计运动的最前沿。我开始思考，塔吉特应该也是我的归属吧。和迈克尔一样，我没有受过设计相关的训练，但深深痴迷于当代美学，自然而然地接受了"设计民主化"的理念，也就是让广大消费者接触到时尚产品。对供应商来说，塔吉特意味着巨大商机。它拥有 800 多家连锁店，比我的其他客户，如贝德柏士比昂，都要大。此外，塔吉特将很大一部分面积都用于销售设计新潮的家居产品。我很喜欢迈克尔独家系列厨具，比如茶壶和勺子，它们的价格远远没有其他高定设计师的产品夸张，却是极佳的收藏品，专为塔吉特设计，可以折射出建筑师对形状和功能的审美。我开始想象自己有朝一日为塔吉特设计独家产品，色彩亮眼的蜡烛与这里出售的豹纹印花浴袍相得益彰。更重要的是，塔吉特和我的创业理念如出一辙：以亲民的价格提供时尚、现代和别致的设计产品。

1996 年年底，我在客厅扫了一圈电话黄页本，找到了塔吉特的电话号码。顺着号码问下来，我联系上了蜡烛采购员，给她留言，不过她一直没回电话。我不想让自己看起来像个跟踪狂，所以在接下来的五周时间里，我每周都给她留言："您好，我是徐梅，来自马里兰州，我有非常时髦的蜡烛产品，应该会适合贵店。"

但我的留言依然是石沉大海，我决定给她的秘书打电话，看看是号码错了还是人找错了。回想起来，这种做法太天真了。"接电话是每个采购员的工作，"秘书解释道，"如果他们不回电话，我们可以帮你联系主管，我来帮你。"

与主管取得联系后，蜡烛采购员终于回复电话了，但很不悦地指责我越级了。"如果你想和我们做生意，那你真是开了个糟糕的头。"她斥责道。

显然，她因为失职被老板批评过了，我早就该料到了。我并不羡慕她的工作，她可能每周都会接收到数以万计的问询电话和电子邮件，像我这样满怀希望的供应商都梦想让自家产品出现在塔吉特的货架上，而我又恰巧是在繁忙的"秋假"季节联系她的。沮丧的我挂了电话，觉得自己和塔吉特此生无缘了。

可在1997年3月的一个星期二下午，我决定再次拨打同一个号码，结果发现采购员变了。留言箱提示，新采购员是一位年轻友好的女士，名叫珍妮弗·肖克（Jennifer Schock）。她的预留语音充满活力，听起来像是刚从大学毕业的样子，也许这是她的第一份工作，决定大干一场。作为回复，我也留下了一条欢快的语音留言。

两天后，她回电话了，我激动得差点从椅子上摔下来。珍妮弗说她对产品印象深刻，想安排一次见面看看样品。通常，大多数采购员如果回复电话，都是一副无精打采的样子，让你寄送一些样品，或者让你提供宣传册和报价，之后就再无音讯。就算约定见面，也经常是三个月之后的事情了。要知道，消费者的品位瞬息万变，零售业永远是快节奏的，三个月相当于判了死刑。所以，珍妮弗没有敷衍我，在没看过样品的情况下，她就想在两周后见我和产品！

塔吉特以时髦出名，所以我决定采用一些独特的颜色和设计，让产品色调更抓人眼球。之前在接触布鲁明代尔、诺德斯特龙和贝德柏士比昂时，我也是这么做的。这一次，我设计了10种颜色，每种颜色对应6种尺寸，矮胖细长都有。至于香味，一些比较主流（如香草），一些更加创新（如香橙薄荷）。为了让效果更好，我设计了一支6×6英寸的蜡烛，有3个灯芯，总燃烧时间长达600小时。我想，美国房子这么大，一支火焰总是不够的。为了实现视觉和嗅觉的双重冲击，我充分发挥创造力和戏剧天赋。这是我个性中非常不安分的一部分，只有当我对颜色、香味、纹理和形式的运用充满信心时，这部分才会越烧越旺。

见面时间定在4月的晚些时候，我很紧张，还有点头晕。我联系了几家与塔吉特合作的化妆品供应商，他们给了一些很有用但又发人深省的建议："你的公司太小了，不可能覆盖他们的全部门店。如果运气好的话，他们可能会给你200家分店试试。"

我又问，200家店的规模有多大。"我们供应800多家门店，有 100 多个 SKU（SKU 是产品统一编号的简称，每种产品对应唯一的 SKU 号），大约 400 万美元一年的销售额。"那人回答。1997 年 4 月的一天，我独自去见珍妮弗，那些可怕的数字一直在脑海里挥之不去。我提前一天下了飞机，带着两个装满样品的棕色拉杆箱。这批货物太珍贵，我不敢托付给货运公司，如果寄丢，一切就完蛋了。第二天早上一醒来，我就开始搭配时髦而专业的服装，这是见采购商需要穿的。我通常会选择剪裁完美的意大利纯色面料，中性色调，没有花里胡哨的图案，也会避开那些新潮品牌，这样对方就不会猜出我在哪里买的衣服。直到今天，对于名人炒作的时尚品牌，我都敬而远之，反而去关注那些默默无闻的品牌。

每次要见刚认识的采购员、地方政府官员或商业伙伴时，我都会花很多心思在着装上，得体的打扮既可以彰显尊重，又能让我信心大增。珍妮弗当时 20 多岁，住在明尼阿波利斯市，我决定穿一条轻盈无袖的鸽灰色羊毛连衣裙，外面套一件橙色夹克。这么多年来，连衣裙套上夹克一直是我与采购员见面的经典搭配，我坚信这种打扮可以让我在白天光彩照人，晚上又充满干劲。与珍妮弗见面当天，我还穿了双两英寸高跟的皮鞋，打算营造出美国中西部的时尚氛围，既轻松又不会太随意。飞到明尼阿波利斯市，我入住到万豪酒店。走在酒店的长廊上，拖着两个棕色行李箱，整个人攒着一口气，向位于市中心的塔吉特总部出发。

珍妮弗的眼睛亮亮的，热情地和我打招呼，我一下子就放松了。她大约28岁，留着波波头，皮肤吹弹可破。她一边伸出手，一边笑着介绍自己。我很欣赏这一点，因为大多数采购员都很忙，通常都会跳过寒暄这一环节，直接要看产品。珍妮弗告诉我，她之前做了几年跟单员，最近刚成为采购员。后来我才了解到，这是塔吉特一个典型的职业轨迹。公司会定期招聘印第安纳州、俄亥俄州和威斯康星州等中西部州大学的应届毕业生，让他们担任分析师，负责报告每周销售额，下订单。表现出色又掌握产品周期的人可以晋升为助理采购员。不过，要想成为真正的采购员，他们需要在某一产品类别中证明实力，通常是每年需要产生2亿至3亿美元的购买额。对于一位20多岁的大学毕业生来说，这是个巨大的挑战，但也无比光荣。

我向珍妮弗介绍千诗碧可时，特意强调了自家中国工厂独特的产品设计。大多数采购员在这一环节都是板着脸，身体往后靠，要么是想捍卫自身利益，要么是对产品持怀疑态度。但珍妮弗例外，她越听越兴奋，这令我也信心大涨。她迫不及待要站起来测试产品,于是,我顺势握着蜡烛底部对着她的鼻子,方便她闻气味。专业的蜡烛采购员就是这样研究香薰蜡烛的,就像侍酒师会搅拌葡萄酒,然后俯下身子去闻各种香调。珍妮弗又询问了报价,称赞了我当天带去的10种颜色,然后不自觉地说到要把产品放到商场里销售。

"你多久能发货?"她的目光从产品移开,直视着我的眼睛。

我尽量让自己保持镇定。之前,大部分布鲁明代尔和贝德柏士比昂的采购员都要让我等几天或几周才给明确答复,但我和珍妮弗见面才20分钟,她就已经提到了交货!

"你的意思是先在200家门店试试?"我追问,有点激将法的意思,顺便暗示我还是比较了解塔吉特的新供应商测试的。

"不,全部800家门店。"她嘴角露出淡淡的笑。

那时的我真的感觉天旋地转了,一边抓住椅子扶手努力保持平衡,一边飞速算账:800家门店就是一笔100万美元的季节性订单。但我公司规模不大,仅由一家中国小工厂和马里兰州10多人的团队组成,真的可以与全球零售巨头签约吗?我们手头的客户包括2000家夫妻店和3家连锁店,但像塔吉特这种规模的零售商,之前想都不敢想啊。

现在已经是4月了,即使中国那边工厂火力全开,人手、运输能力，甚至模具、染料和香氛够用吗？

"10月吧。"我脱口而出。

"太好了，"她毫不犹豫地回答，"如果你从中国发货，那货物应该要在12月到达这里，这样产品就能在新年前上架。"

"对了，"我正转身离开时，她又说，"我给你4英尺宽的次端架区。"

我惊呆了。次端架区是商店过道的起始地段，购物者在周边大厅就能看到这里的产品，地位仅次于令人羡慕的端架区。

后来，我叫了一辆出租车去机场，途经万豪酒店时，我向酒店鞠了一躬，双手合十表示感谢。后来，我决定以后每次去拜访塔吉特总部时，都要住万豪酒店。

接下来的一周，珍妮弗打电话带来了更多好消息，她的老板看到了样品，整个团队都很喜欢，他们都热切地期盼第一批订单。这里要说说塔吉特与供应商的关系。由于塔吉特的目标之一是在产品设计和质量上与凯马特和沃尔玛等大型竞争对手区分开来，所以它与许多创新型小供应商签订了合同。塔吉特也知道，这些供应商走的是小而精的风格，大多数在物流方面会有问题，协调能力也比较欠缺，难以达到零售巨头的要求。

塔吉特并没有对此视而不见，而是主动提出要直面挑战，邀请每一位新供应商参加供货培训。我准备第一笔订单时，就加入了这项培训，也正是这一培训让我真正成了塔吉特的合作伙伴。当时参加培训的还有几家家居装饰领域的同行，我了解到，塔吉特总部位于明尼苏达州的明尼阿波利斯市，那里天气异常寒冷，大部分商业区都位于市中心10个街区内，通过封闭的天桥连接。员工们都会聚到一起，为每家门店描绘出路线图或货架图。

视觉产品的商家都会和创意顾问合作，努力提升每个地区和人口市场的吸引力。例如，佛罗里达州门店的客户群体年龄偏大，需要适应暖和天气的装备，而美国内陆的农村和郊区门店的客户更年轻，需要更多婴儿衣物和儿童玩具。南加州一些富裕的高客流门店销售额高，发货就多；而农村地区的门店根据销售预测，需要的货物较少。货架图这一操作让塔吉特看起来与众不同，公司的销售情况都是可预测的，反倒没有大型企业的感觉了。

了解门店的地理位置、预计销售额、客户行为周期非常有用。与大型零售商合作这么久，这是我第一次可以有计划地购买香精、标签和石蜡等原材料。不过，运营的核心在于人。在不了解客户行为预测的情况下，供应链时常中断，因为我们在需求减少时解雇员工，需求增加时又匆忙重新雇用。现在，掌握了客户的季节性喜好后，我们公司能在 4 月至 6 月培训新员工，在夏季时教他们更复杂的技能，为之后的需求增加做准备。在入职培训期间，我就在想，塔吉特有能力提供可靠的商业预测和支持，如果每个公司都有这样的合作伙伴，也许制造业会留在美国吧。

那段时间，我目睹塔吉特的尖端供应链管理系统是如何灵活应对消费者需求的。在配送中心，大型电子机械臂将产品分拣到单独的卡车上。与其他大型零售商不同，塔吉特从不会为各大分店配备仓库。高速公路上的每一辆塔吉特卡车都可能来自配送中心，去给当日库存不足的分店补货，也就是在每家门店门口卸货。这意味着，一旦订单弄错或库存受损，是不存在向分店仓库求助这一说法的。

在这种精益产品供应模式下，塔吉特的库存管理技术和供应商都不堪重负。看着一个个托盘装到卡车上，幻想它们在各个商店门口卸下，我不禁思考，小小的错误就可以打乱整个运营。错误的订单可能会导致货架图出现漏洞，进而损失销售额，降低消费者信心。更糟糕的是，如果是公司的原因，我们就要吃退单，承担一切后果。比方说，如果我们在卡车取货时称量

图 3-3
第一批塔吉特采购员参观中国工厂（摄于 1997 年）
从左至右分别为：王勇、我、徐力、珍妮弗、汤姆（徐力的丈夫）、
珍妮弗的经理凯伦

错误，就会收到几百到几千美元不等的运费罚单。零售损失越大，罚单就越大。如果条形码无法扫描，或者卡车到达时我们还没有准备好发货，也要后果自负。不过，当时的培训经理没有说这些，怕吓着我们。整个培训还是为了帮助我们主动发现问题、预防错误。

作为新供应商，为了交付第一笔订单而扩大海外生产，我还是诚惶诚恐。一方面，我对自家产品的颜色、香味和标签充满信心。香薰蜡烛是大众负担得起的奢侈品，因此我与塔吉特的价值主张完美契合。另一方面，这次订单的复杂程度和规模之大都超出了我的经验。我曾经与大型百货公司合作过，但订单数量要小得多。这些公司缺乏技术，对细节关注不够，也没有创新的商业模式，无法精确地进行采购和分销。我对自家产品在诺德斯特龙和布鲁明代尔的销售情况都不清楚，连他们自己也不清楚。这些百货公司有时会从迈克尔·科尔斯（Michael Kors）等设计师那里购买整季系列，这样一来，那些不受欢迎的商品只能在季末减价出售，零售商和供应商的利润都大幅下滑。相比之下，塔吉特的初始订单量较为保守，会根据每周门店的销售报告考虑再次订购。塔吉特面向大众市场，所以我的蜡烛很有可能会变成美国家家户户的必需品。但如果我让它失望了，就会很快被淘汰。

命运一搏

10月下旬，装满塔吉特第一批订单的集装箱从上海港口出发，开始运往巴尔的摩。我们缺乏经验，对这批订单的规模压根就没概念，更别说准备了。当时可是足足有20个40英尺的大型货柜，这到底是什么概念呢？你有没有见过高速公路上40英尺长的大卡车装满这么大的集装箱？非常吓人，如果开车跟在它后面，周边路况是完全看不见的。

当时，中国工厂堆满了成品，留给流水线工人的空间都不够了。不幸的是，我们在美国没有足够大的仓库来放20个大货柜。天无绝人之路，那年秋天，我们在华盛顿郊区发现了许多废弃的仓库和关闭的工厂（这对美国制造业来说是个坏消息），或许可以短期租来用用，价格也不高。我们在公司附近找到了一个比我们目前的仓库大10倍的仓库，租期两周。房东似乎对这种临时租赁很困惑，但也没有细问。

这是好事，因为我不可能事无巨细地向他解释，比如要用仓库存放来自中国的货物，小心拆开包装，根据订单重新装好，送到20个配送中心，最终这批货物会进入800家连锁店。当时入职培训时，我去参观了配送中心，看到自动产品扫描仪仅仅因为标签不清晰，就拒收了质量过关的产品，一想到这个，我就直冒冷汗。塔吉特会收到大量库存，错误是难免的，如果机器和工人无法区分产品，违规的供应商就会被替换掉。即使产品扫描成功并重新分销，每家门店也必须收到8种颜色、大小和香味相匹配的蜡烛组合，然后摆放在"蜡烛谷"的4英尺宽的五层货架上。

第一批订单让我明白一个道理：即使工厂工人和办公室员工训练有素、积极进取，随时为订单做好准备，问题也总会层出不穷。10月的第一个麻烦是发货延迟。我们小公司通常从中国运输两个集装箱，但这次足足有20个！美国海关立马注意到这一规模，组织了一次临时检查，核对运输信息，确认我们已经支付关税，物品中没有夹带违禁品。人力和时间的浪费就别提了，我们还必须支付检查费用。

我们咬紧牙关，希望海关加快速度。在这里每消耗一个小时，本就紧张的周转时间就少一个小时。20个集装箱最终运出来时，一周的时间只剩下3天了。如果不按时重新包装并发货，惩罚就在眼前。还记得之前租的仓库吗？因为过于临时，我们没考虑装上电。毕竟，按照之前的计划，我们有一周的时间，可以在白天卸下托盘，重新包装发货。

我已经是热锅上的蚂蚁了。一个原因是我一直忙于业务前端，而非后端。我确实擅长设计，与买家谈判，但如果涉及库存、发货或生产，我会担心得要命。后端团队中没有人，包括我姐姐、王勇和理查德，都感到紧迫或绝望。直到卡车要来的前几天，他们才开始焦虑。每次我询问订单情况时，他们总是安慰道："没问题的。货物已经离开中国，很快就会到达的。"

欣慰的是，我一直在向珍妮弗传递乐观消息，还谈到假日订单和针对"秋假"的新款设计。

我的命运取决于第一批货。一想到有数百人指望我，我整个人都要崩溃了，其中包括中国工厂敬业的工人、塔吉特每一位准备把我们产品摆在四英尺黄金地段的销售人员，还有年轻的珍妮弗。她给了我宝贵的机会，工作名声也在此一搏。看着面前这么多货物，我心里的大石头更加沉重了。一个个集装箱都进了仓库，我开始动手处理这批数量庞大的东西。最初计划是轻柔地卸货、温柔地包装，现在都抛之脑后。即使不分昼夜地干活，处于巅峰状态的马拉松选手也未必有耐力完成这项任务。

至今，我都忘不了那一天。尽管才 11 月，但下午 5 点就已经漆黑一片。我们顶着严寒开始卸货，渐渐意识到没有给仓库装上电。但移民总是很能吃苦的，我们临时想了个办法：王勇和理查德把车开进仓库，保持发动机开动，打开车的大灯和远光灯。大家工作了一整晚，一名仓库工人操作叉车，其余人拆卸托盘再重新包装。到了第二天早上，我们已经筋疲力尽，但还是要和秘书在仓库工作，不断沟通解决物流问题。前来取货的几位司机在路上迷路了。当时手机还未大规模普及，司机只能通过公共电话

遇见切萨皮克湾

一遍又一遍地和我们联系，在纸上潦草地记下路线。

马不停蹄工作了 72 小时，全靠肾上腺素和汽车前灯吊着。尽管已经累到虚脱，我们还是不敢有一丝懈怠，小心卸载数百个托盘，又重新贴上标记。当然，错误是不可避免的，我开始烦躁不安，彻底爆发出来。最后一件产品离开仓库时，大家反而更紧张了。"龙卷风"已经离去，现在只留下可怕的寂静。我们不知道这些产品能否如数送达门店，也不敢去打扰采购员，他们在圣诞节前已经够忙了。

和往常一样，王勇和我还是去了佛罗里达度假，但我满脑子还是这批订单。我悄悄去了当地的塔吉特连锁店，但没有在蜡烛谷看到我们的产品。我努力不去想这个事情，却还是没办法享受一年一度的南方之旅。

发货六周后，也就是 1998 年 1 月的第三周，珍妮弗给我留了一条语音信息："请给我回电话。我们有麻烦了。"

恐惧感瞬间将我吞没，是标签贴错？货架乱糟糟？还是顾客对蜡烛不满意？电话那头的珍妮弗听起来是如此焦虑。我立即回了电话，她绝望地说："徐梅，我们没货了。"

她让我马上回中国，增加工厂产量，因为，我们蜡烛的销量超过了塔吉特预测的 200%！我压抑不住激动的心情尖叫了起来，把珍妮弗吓了一跳。她其实内心也很激动，但还是努力保持克制。

羽翼渐丰的千诗碧可

我当时很想一口保证："可以，我们做得到！"但我不能这么说。姐姐的工厂被这次的订单压得喘不过气来，已经无法将产量提高三倍。当时正值中国春节，大家都忙着回家探亲过节，整个工厂的生产节奏都慢了下来。我决定要加大生产，但这需要更多设施、经验丰富的工人、大量原料、标签、纸箱和香料。

看到蜡烛如此受欢迎，塔吉特一位销售代表主动联系了我们。他先是表示祝贺，但又指出，由于我们在一夜之间从小型供应商转变为中型供应商，入职培训那套东西已经不够用了。为了和塔吉特一起提升盈利能力，我们需要扩大运营规模，使用新的库存管理系统，扩大生产设施规模，雇用更多工人。他们鼓励我们聘请代理商，还推荐了明尼阿波利斯的消费者品牌代理公司 Portu Sunberg。

事实证明，千诗碧可与 Portu Sunberg 的合作极具战略意义，我们一路成长，应对运营方面的挑战越发得心应手，而且也越来越了解塔吉特是如何钻研设计、追赶潮流、开展营销和研究消费者行为的。塔吉特有个鲜明的"采购员流动制度"，如同外交使团一样，塔吉特的采购员每两年就要更换一次职位。现在，和塔吉特达成合作伙伴关系后，我们也适应了这一制度。珍妮弗很快就会带着蜡烛采购经验和专业知识进入塔吉特的花园产品采购业务，这时候，Portu Sunberg 的团队犹如及时雨一般，帮助我们和新上任的采购员进行交接。我们还将 Portu Sunberg 介绍给了香水和蜡烛制造行业，他们也会及时告知我们塔吉特的最新计划和活动，以免我们错失任何商机。终于，在 Portu Sunberg 的指导和帮助下，我们补充好了库存，在 1998 年 4 月时完成了塔吉特提出的三倍订单要求。

即使我们得到的支持力度如此之大，问题还是接踵而至。例如，我们的一批春季订单到美国时，蜡烛标签贴反了。这种错误也是难免的，因为工厂里没人会英语。事后回想，之前应该在工厂多留下一些样品，这样就可以供大家参考。但在当时，我们只通过电子邮件向他们发了些模拟标签的照片。总之，小插曲总是陆陆续续发生，毫无踪迹可循。那年春天，我们找了一家标签供应商，迅速将标签替换掉。我雇用了一名工人，把蜡烛从有问题的集装箱中一根一根取出，重新贴上新标签，工作量巨大。

那年下半年，圣诞蜡烛又成了更头疼的问题。之前我提到过，由于增透剂加得少，蜡烛外观是雪花般的质地，散发出天然独特的气息，消费者都很喜欢。其中，肉桂苹果香薰蜡烛会在假期里显得更加特别，当初设计的时候我就考虑到了，因为寒冷和飘雪会营造出特殊的心境和精神状态。塔吉特深表赞同，下了大量订单。但不知怎么回事，这种颜色和香味的组合对蜡烛质地产生了奇怪的影响，雪花只在某侧凝结，其他部分空空如也。

我在塔吉特的明尼阿波利斯总部接到了大卫·桑伯格（David Samberg）惊慌失措的电话，开始担心圣诞蜡烛上分布不均的雪花。塔吉特的经理也表示担忧，称蜡烛与他们之前在货架中看到的不一样，而且，这也不利于公司在品控方面的声誉。我打电话给姐姐，计划把改进的产品空运到美国，替换掉那些次品。

压力如滚雪球般越来越大，那个假期我失眠了。我疯狂地比较空运物流公司的报价，很快便意识到，无论选择哪一家，这一次都是亏的，每支蜡烛的成本都会增加 10 美元。塔吉特采购办公室的每个人都在担心雪花问题，为了挽救这一重要合作伙伴关系，我愿意承担这次损失，把次品替换掉。在那个圣诞假期，正如预测的那样，红色雪花蜡烛销量很好，没有一个顾客因为雪花不均而退货。塔吉特显然低估了美国人对手工制品的喜爱。幸运的是，这样我们就不需要头疼空运的事情了。不过，雪花不均的问题依然萦绕在业务员和采购员脑海中。其实也可以理解，塔吉特是大规模运营，即使喜欢走在设计前沿，但依然对产品的统一性和标准化有一定要求。

我们之前预计 1998 年卖给塔吉特的产品销售额为 320 万美元，实际上接近 900 万美元，是之前预测的三倍。其他客户的销售额加起来才 800 万美元。我绷紧的神经一下子放松了，也确信了这一点：我终于打入更广阔的市场，为消费者生活方式的转变掀起了小浪花。全国各地的消费者反响热烈，觉得雪花香薰蜡烛是一种既新鲜时髦，又负担得起的奢侈品，还可以让生活更有趣。

成功会带来更多竞争。就像我之前一样，其他蜡烛制造商也会走在塔吉特的过道上，看看能不能以更低的利润提供更便宜的产品。每个行业都有这种人：从不发明或创新，而是通过模仿打开市场。我们的模仿者主动找上塔吉特，报价8.99美元，我们当时是10美元（零售价）。有些人甚至恶意投诉产品，试图破坏我们在塔吉特的声誉，从而为自己创造市场。这就是许多公司为了成功干的事情。

我与塔吉特克服了这些障碍，因为双方始终坚持设计优先的商业模式，以创造力和创新来驱动盈利能力。对大多数百货公司来说，盈利的主要途径是打折出售。这种策略存在缺陷，不利于提升盈利能力和保持长期竞争力。大型零售商应该要学习苹果和特斯拉的运营方式，这些科技公司不会想着制造最便宜的电子产品或汽车，而是主打设计，占据了最令人垂涎的市场，出售的产品也是名副其实。

没想到在前几个销售季中，我从塔吉特收获的最大教训是有关人和文化方面的。像我这样的制造商和塔吉特的经理都知道，国际供应链无比脆弱复杂，各种台风或临时海关检查都会破坏计划，即使这个计划在当时已经是天衣无缝了。塔吉特坚持透明和诚信原则，所以，一旦有工人搞砸贴错标签，导致发货推迟一周，我都需要立即与塔吉特沟通。运营顺利时，透明地沟通很容易。但出现问题时，情况就变得棘手。1998年10月，台风"巴布斯"袭击菲律宾，载有我们货物的船只只能停工。

"你猜怎么着，珍妮弗？"我尽量谦卑地说，"货物要比计划晚几个星期了。"

打这种电话是苦涩的。珍妮弗那边有多个利益相关者，也有很多上级，我这边发货延迟会影响很多人。一开始，我担心这件事会结束我与塔吉特的蜜月期，但焦虑不止于此。

作为亚洲人，我来自一个完全不同的文化背景。与上级打交道时，常常需要摆出愉快和恭敬的姿态。在商业环境中，财务和地位是不平等的，我倾向于将世界划分为"我们"和"他们"。即使在第一年与珍妮弗打交道时，我也认为自己是一个仰仗她的小供应商，她是一个大买家，市场地位远高于我。我逐渐明白，这种思维贯穿我整个公司和其他亚洲利益相关者的头脑。一开始与姐姐提到塔吉特这桩重大生意时，她冷静地审视了当前的工厂生产能力，对100万美元的订单表示"当然没问题"，尽管她知道这是不可能办到的。

多年来，西方公司和承包商一直认为，这种文化本能是在遮遮掩掩，一点儿也不诚实。在我们行业中，有些纺织品和玻璃染色很难实现，很多都是蓝色的，从著名的天青石色（价格比黄金还要贵），到最近化学合成的茵曼蓝（2012年获得专利，外观和功能都优于其他钴蓝色系）。比方说，塔吉特的采购员可能很喜欢茵曼蓝，想寻找这种颜色的大玻璃杯，但工业量产不太现实，因为价格昂贵、材料稀缺，你只能生产出类似的东西。遇到这种情况时，我姐姐和她的团队刚开始很少选择坦诚，并不会告诉采购员这些定制订单所需要的真实材料、制造流程和确切费用。相反，他们会显得很顺从，微笑着说："没问题。"但是，采购员收到样品时会大吵大闹："两周前你告诉我一切进展顺利，但这不是我要的东西。你这个骗子。"

对喜欢打直球的美国中西部人来说，"虚假陈述"是不诚信的行为。但考虑到我们的文化背景，姐姐的行为也无可厚非。

我一直都在和这种本能做斗争：童年时期在家中制造虚假的和平感，后来在与王勇的婚姻中、在纽约医疗器械公司上班时，我依然是默默顺从。我并不是在责怪他们，也没有否认市场上的权力差异，这种差异本身就会导致不平等的关系。这些合同对于我姐姐的重要性，不亚于我当年需要纽约那份低薪工作。在这些情况下，文化背景总是会跳出来，让我做出谦卑和恐惧的回应。我一直担心，如果自己对那些更强大的人说"不"，就会被那些说"是"的人取代。

塔吉特的采购员明确表示，他们注重精准性，需要严格按照期限，确保执行顺利，不吃我掩饰那一套。一旦事情出现差错，他们需要立即知道，这样就可以做出其他安排，比如重新安排当天发货，调整货架图，继续为客户服务。塔吉特之所以成绩斐然，是因为它培养并要求利益相关者保持绝对透明。如今，零售业严重受损，乱象丛生，但塔吉特的销售额依然实现稳固增长。

只需要一个完整的零售季，塔吉特的采购员、商家和经理就教会了我这个不愿对抗的亚洲人不仅要沟通，还要"过度沟通"。我至今都心怀感激，尽管一开始深感不适，但事实证明，诚实对我的职业发展至关重要。我不再将零售圈视为"等级对立"的对手，而且开始意识到，塔吉特所谓的合作伙伴关系不是纸上谈兵，我和这一零售巨头成了真正的搭档。诚然，小供应商和塔吉特在市场上占据的位置截然不同，但都朝着共同的方向努力，成功和声誉取决于双方能否相互帮助。

作为一个企业家，为人处世趋向透明和诚实很重要，做人也是如此。我第一次对职业生涯的成功有了清晰的认识。几年前，布鲁明代尔上架我的产品时，我就已经取得了象征性的胜利。贝德柏士比昂和布鲁明代尔都会找我备货，但订单是零星的，我也不清楚产品的具体表现。我的焦虑从未散去，一直担心他们不会再次订购，也在纠结千诗碧可是否会止步于 20 世纪末。

不过，与塔吉特的合作象征了另一种胜利，一切都有数据支撑，而且高度透明。我的业务量增长了 200% 到 300%，而且成功升级为塔吉特的补给供应商。与贝德柏士比昂和其他店铺不同，在塔吉特，千诗碧可和海飞丝、汰渍等日常必需品享有同等地位。我没有梦想着成功，也没有经历重大胜利，但手头有了各种量化报告，上面列出了自家产品的真实销售额和未来预测。1998 年年末，理查德、王勇、我和其他补货供应商与塔吉特销售经理一道，参加了定期举行的销售展望大会，研究了蜡烛部门的季度销售报告，统筹规划更大的货架图，并开展季节性预测。

多亏了塔吉特，我养成了成长型心态。在此之前，我都是在开发磨炼右边大脑，因为在不断地与他人合作、掌握语言、寻求设计创新。但想在塔吉特取得成功，你就需要精通物流运营、具备先进的供应链管理能力和财务测算能力。我最初对此感到困惑，因为在早年，我对自己和姐姐所擅长的东西是有一定划分的：她擅长数学、科学和以精确为导向的书法艺术，而我擅长语言、设计和舞蹈之类的自由运动艺术。直到 20 世纪 90 年代末，我才意识到，自己也可以精通数字运算，我开始制作资产负债表、预测销售和分析利润，"篡夺"了理查德作为公司"金算盘"的地位。与塔吉特开会期间，我能即时提供利润评估和财务预测，财务分析师都感到不可思议。

但有时候是出于其他原因。马里兰州的员工创造了一个词——徐梅语录，他们有时会拿这一点来调侃我。在马里兰州的办公室里，有人会引用我的话，"我不是含着银盘子出生的[①]"。面临最后期限和原材料短缺时，我会摇头感叹："真是个第23条军规啊[②]"。在美国生活的时间越久，我对英语俗语和地道表达就越来越熟悉。可有时候也会像大卫·桑伯格说的那样，我总是会闹一些语言方面的笑话。

1998年秋天，在与塔吉特高层的一次会议上，我想说协作（collaborate）的必要性。协作一词在零售业已经被滥用了，更是融入了塔吉特的文化中。但我张口就是："来吧，大家，让我们一起校准[③]！"

令人懊恼的是，王勇一直在桌子底下踢我。会议结束后，他摇了摇头，咯咯笑着，说徐梅语录又增加了一条。这些话虽

[①] 英文对应表达是含着银勺子出生，但徐梅说成了银盘子。
[②] 英文中Catch-22意为第22条军规，用于表示两难境地，但徐梅把22记成23。
[③] 徐梅把协作（collaborate）说成了calibrate（校准）。

然挺逗的，但还是有些尴尬。

左右脑的协调能力，再加上高度透明的合作态度，都让我散发出恬淡自信的成熟气息。部分原因可能是遇到了塔吉特这样的合作伙伴，他们为我的成功欢呼，不会以居高临下的姿态对待我。但更多是因为，我开始相信自己的市场判断力，遵从直觉行事。理查德是一名保守的工程师，经常对我"轻率"的设计想法和产品开发方法持怀疑态度。有这样一个同事是件好事，尤其是对我这样随心所欲的创意人士来说。不过，我还是开始冷静分析理查德的意见，自己做出最终决定。毕竟，我对自己越来越自信。

我开始对大型销售商采取类似的态度。之后那几年，我尽最大努力保证产品质量。一旦收到塔吉特的退单，指出某批货物的损坏率很高，或者条形码不可读时，我会承担这些费用。40英尺配送箱会出现产品破损，打印机会泄漏墨水，我意识到自己需要在产品包装和贴牌上下更多功夫。标签贴反的情况发生过好几次，我每次都会雇用一个团队来拆开每件产品的包装并重新贴牌。另外，有些零售商表现不佳时，会威胁说如果我不给低折扣，他们就不再合作。但我绝不会一口答应。因为，我并非天生低人一等，维护自身利益是天经地义的事情。

沉着和自信让我在市场上更加主动。20世纪90年代末，我对调研、营销、仓储和全球供应链管理等重要领域日益精通。但我也知道，如果千诗碧可想要继续扩大全球足迹，创新产品研发将是最大驱动力，尤其是在香味方面。我们需要建立全面的香薰库，了解全球最新消费趋势、潮流艺术，再应用到蜡烛上。千诗碧可的命运和声誉取决于设计，从1998年开始，我决定要在设计上多下功夫。

在发展业务时，你需要寻找能够帮助你发展核心优势和能力的战略合作伙伴，同时对方也能受益于你带来的优势。

你对合作伙伴和利益相关者的态度是毫不隐瞒，还是像我最初那样伪装自己？如果可以的话，不要一味微笑顺从，而是有话直说，尽早直面潜在的困难。根据我和塔吉特的合作经验，诚实会带来盈利，帮助你保持更长久的商业关系。

附加价值很重要。我早年主要是中间商模式,但注定不长远;真正的创业要像我后来成立的公司那样,主打设计,为市场带来价值,并且随时跟进消费者痛点和需求,保持创新。

4

藏在美食中的灵感

2013年一个工作日的早晨,我们公司的高级设计师科琳娜·海曼(Corina Heymann)正专心盯着笔记本电脑屏幕,做一些标签和产品包装的收尾工作。我走过去打断她。"可以把你手头工作放一放吗?"我问道,"现在去参加夏季优质食品展吧,就在华盛顿特区会议中心那边。"科琳娜疑惑地看了我一眼,点头表示同意。

从科琳娜2006年4月加入公司以来,我就一直对她充满信心,她总是可以敏锐地捕捉各种消费潮流。面试的时候,她谈到自己是如何跟随丈夫来到华盛顿,努力找创意方面的工作。1990年,科琳娜从弗吉尼亚理工大学毕业,之后一直从事印刷设计和产品包装的工作，还在迈阿密海滩的一家公司不断打磨技能。但来到华盛顿后就陷入了迷茫，因为这里大部分工作都不需要创意，比如政治、法律等。我一点也不惊讶，还经常和朋友开玩笑说，如果在华盛顿向别人扔石头，有三分之一的机会击中律师。

为了测试科琳娜的创造力，我带她去了当地的塔吉特进行即兴考察，停好车后直奔蜡烛谷。我指着销售不佳的那排蜡烛说："发挥你的创造力，研究一下这款产品，告诉我如何提高销量。"

接下来几天，科琳娜费尽心思评估这条产品线，向我汇报了一些个人看法：产品包装过于抢眼，已经遮盖了蜡烛本身。她又向我展示了一些草图和原型模型，没错，她设计了一种不那么花里胡哨的包装，蜡烛的风采终于重见天日。那一周，我聘请她担任高级设计师，还采用了这一方案，那些蜡烛终于销量看涨。

和公司许多天才设计师一样，科琳娜一直是我们的福星。几年后，我让她去参加这场食品展时，她已经习惯了我不走寻常路的研发方式。她收起电脑，前往会议中心，一边闲逛试吃，一边观察东海岸时下最流行的美食。她注意到，椰子是最热门的食材，椰子糖、青椰汁、水果沙拉中的椰蓉，椰子随处可见。

"今年椰子很流行。"科琳娜在之后一周的设计团队会上指出，其他人也点头赞同。注意到其他食品公司正不断创新椰子的吃法后，我们开始创建"潮流板"，放上椰子在食品、旅游广告和乳液等消费品中的应用，结论是，椰子可以应用到蜡烛上了。说干就干，我们打算设计以椰子为灵感的夏日系列，蜡烛整体呈乳白色，再注入椰子独特的香味。香料供应商可以调出这种温和甜美、清爽的热带气息。

意外收获

很多人会觉得，让高级设计师参加食品展是件奇怪的事情。但继雪花蜡烛在塔吉特取得惊人成功后，这种行为在千诗碧可已经司空见惯了。那时，我正把千诗碧可转变成一家主打设计的公司。制作蜡烛有五大元素——蜡、蜡芯、颜料、香精和容器，每个元素都有广阔的创新前景。多年来，我们在石蜡组合和多蜡芯处理方面实现了重大创新，但这还只是技术和化学的考量。蜡烛颜色的故事一直都是重头戏，千诗碧可的色系注重当代、大胆和新鲜，保留了我在 1995 年消费品展会和眺望切萨皮克湾时领悟到的美学。所以,我的创新基本集中在容器和香味两大元素。

2000 年,我在马里兰州洛克维尔市和中国上海开设了设计工作室,聘请了一些优秀设计师。他们的专业各有不同,比如水彩、数字图形和摄影。马里兰州的小团队最初只有两名设计师,专注原创,而亚洲团队由精通东方美学、素描和油画的设计师组成,主要把设计蓝图转化成产品样本。我下定决心,要让这群才华横溢的艺术家充分发挥才智和创造力,打造一个多元化的香氛、图案和产品设计库,以迎合不同季节、潮流和生活方式的需求。设计师会和我一起周游世界,无论是实地考察还是天马行空地想象,去了解不同文化心态和潮流,寻求设计灵感。我梦想着,千诗碧可可以成为 21 世纪生活方式的前沿品牌。

作为千诗碧可自封的"首席设计师",我以身作则,为公司的非正统设计文化奠定了基调。我买了个奶酪磨碎器,等蜡烛固化后,就可以在表面打造出亚麻纹理。团队还专门打造了鳞状模具,在蜡烛表面留下鳄鱼皮纹。或是印上树枝和树叶,既有户外的氛围,又好像有凉爽的海风迎面拂来。直觉很重要,我认为人们喜欢大自然,就像我钟情切萨皮克湾海岸那样。因此,能让人穿越到自然环境的产品必定大卖。

但人们也欣赏古老和永恒,我们在参观美国以及一些亚洲和欧洲城市时就发现了这一点。老旧的椅子、建筑的古铜色饰面，跳蚤市场的老式装饰品，如水银烛台和银烛台，都散发出永恒的魅力。在 21 世纪初期，为了重现这一效果，我们把玻璃容器的饰面做旧，深受顾客喜爱。

一天，等不及蜡冷却，设计团队有人直接把一个样品扔到冰水里，结果竟收获了意想不到的效果！与标志性的雪花纹理不同，蜡烛表面出现了"糖霜"。显然，冰水与铁模具相互作用，形成了这种浪漫光滑的霜面。凝视样品时，我似乎来到了夏日的罗马或佛罗伦萨，在广场上享用美味的冰激凌。冷水在热铁模具上结霜后，整体颜色变得柔和，传达出一种宁静清爽，但不失活力的感觉。这就是夏日！

从 2000 年前后开始，在我的带领下，旅行成为千诗碧可产品设计的重要部分，似乎没有一家像我们这样规模的公司这么重视让设计师出国采风。每年旅行主要围绕国际贸易展览会展开。马里兰州的核心设计师团队每年 1 月和 2 月都会和我一同参加欧洲的重要展会，去挖掘欧洲的最新潮流，之后又回到美国参加亚特兰大和纽约的展会，了解美国市场的最新情况。香氛潮流始于欧洲，穿过大西洋来到美国，不断改良，迎合当地的设计风格。法兰克福每年的消费品展会展主打工业设计，仍然是我的最爱。紧随其后的是法国巴黎家具时尚家居装饰展览会，欧洲各大设计师齐聚一堂，展示天然护肤品、沐浴油、手工皂等。其间，我们还参加了纸材展、烹饪博览会、时尚活动和巴塞尔艺术展等视觉盛会，想把全球趋势一网打尽。

在这些旅行中，我们看到了大量材料、布料和颜色。当年流行的自制器皿是玻璃、陶瓷还是金属材质？流行什么字体？字母采用了明亮大胆的颜色还是更柔和的粉彩？这些城市都成了我的私人教师。后来，我又带着团队、塔吉特采购员和其他相关人士参观小型精品店，看看人们是如何通过营销故事来推广产品和时尚的。

我去过巴黎左岸的家居店，观察花卉和纺织品摆放艺术，品鉴过 Marais 时尚街区的 Palais des Thés[①] 的神奇茶饮，穿行过马拉喀什弯弯绕绕的露天市场。在这些奇妙之旅中，我试着去提炼店家的营销故事，或者某一季节或年度的流行精神。每一处细节都值得细细品味：巴黎甜品店巧克力和法式面包的包装纸，伦敦冰激凌蛋筒上的漂亮字体，欧洲小资精品店里皇家紫的巧妙使用，旧金山太平洋高地社区的植物印花，以及伦

---

① 巴黎市中心的一家茶店。

敦切尔西室内设计商店的花卉摆放。当代艺术、异域香氛、奢侈品新品和室内设计潮流，一切都躲不过我们的火眼金睛。

每次旅行季结束后，设计团队都会回到切萨皮克湾总部，带着些疲惫，又有点应接不暇。这不足为奇，因为我们只花了三到七天的时间去捕捉全球各种潮流！大家兴奋不已，总是带着易保存的产品样本回来。这些香水、布料、艺术品和装饰品都会放到所谓的"灵感库"里。有了这些视觉辅助工具，我们会在跟进会议上收集、梳理想法，最终转化到产品设计中。

例如，在2006年，黑色和白色再次横扫全球家居装饰产品，极简设计也大受欢迎。为此，我们推出了"经典"系列蜡烛，主打纯色和"永恒"的蜡烛纹理，再配上平面艺术字体（线条极细无阴影）来真正捕捉和传达这一概念。多年后，摄影引领了全球艺术。似乎每个人都放弃了抽象作画，转向照相写实主义，有时是宏观的花瓣高清照片，有时是前景清晰、背景模糊的草叶或独木舟。于是，我们在蜡烛的玻璃容器上印了自然风光特写照片。

2000年前后，我发起了"蓝天"周五潮流会议，会议有两条规则：大家可以讨论任何东西，任何话题都不是禁区。我感到非常满足，因为大家从身边的美食到《天桥骄子》[①]出现的服装样式，什么都聊。正是在这个会议上，科琳娜告诉我们，在华盛顿的食品展上，椰子无处不在。之后我们就开始制作椰子味的白色蜡烛。

在另一次蓝天会议上，我谈到，有天晚上在伦敦时尚的梅菲尔区探了一天的店后，我去了一家新开的客家餐厅用餐，饭后点了一杯荔枝和玫瑰马提尼。玫瑰散发出美妙的香味，但我一直觉得花瓣很老套，一点也不时尚。然而，当玫瑰遇上水果，整杯鸡尾酒变得多汁甘美。喝酒的时候，我就在思考夏日鸡尾酒系列蜡烛，比如荔枝玫瑰马提尼、椰子青柠龙舌兰和树莓糖朗姆。最终，我们推出了一系列五颜六色的圆柱"酒杯"，这些"酒"散发着美味诱人的香味，但你实际上不会摄入任何卡路里，也不会宿醉。又一款热门产品诞生了。

我们讨论的话题稀奇古怪，最有趣的一次是在2007年，那时，电影《香水》刚上映不久。这部电影改编自帕特里克·聚斯金德（Patrick Süskind）1985年出版的同名小说。帕特里克是个神秘的作家，我一直很喜欢这本小说。主人公格雷诺耶生

---

① 美国一档真人秀。

活在 18 世纪的法国，是世界上最成功的嗅觉家和调香师，可以从复杂的晚香玉、肉桂、黄水仙和茉莉花香中区分出淡淡的麝猫香、檀香、蓖麻和啤酒花香。格雷诺耶创造性地将它们组合到一起，进行蒸馏，最终得到庞大的香氛库，包括提取物、药膏、润发油、香精、精油、酊剂、香水配方。

"认真学习了蒸馏后，格雷诺耶开始拿皮革、谷物、玻璃、瓷器、鲜鱼和血液做实验，看看能否从中合成精油。他将技术改进为浸渍，来提取金属、木材、门把手和水的'芳香灵魂'，然后又将目标转向苍蝇、老鼠、山羊、猪、甲虫，以及各种各样的生物。"

听起来有些牵强，但这就是我不断向自家设计师灌输的嗅觉创造力和对气味的微妙热情。看完影片后，我们都认为，很难不被气味的力量迷倒。正如帕特里克所写：

"气味的说服力强于言语、外表、情绪或意志，它势不可挡，像呼吸一样进入人体肺部，遍布全身心……人们可以闭上双眼逃避伟大、恐怖、美丽的画面，也可以掩耳拒绝旋律或谎言，但气味是无法逃脱的……因为气味是呼吸的兄弟，如果你可以控制气味，你就可以控制人心。"

格拉斯之行

在寻香道路上，我和创意总监卡门·德塞纳（Carmen Desenne）来到了法国格拉斯（Grasse）。这次出行注定又是一个重大里程碑。时至今日，格拉斯依然是全球的香氛圣地，就像《香水》里提到的 18 世纪那样。2006 年，美国香水基金会邀请卡门和我加入由二三十名专家组成的团队一同考察格拉斯。格拉斯距离尼斯约一个半小时车程，这里黏土优越、气候宜人，种植着高品质的薰衣草、佛手柑、茉莉花和玫瑰树丛。美国香料巨头嘉吉公司和法国品牌花宫娜就在这里作业，还有数百家小型作坊，供应着全球市场上最好的精油和香料。

格拉斯给我留下了深刻的印象，古老的村庄让我想起了意大利南部，但零散的精品香氛厂又让我想起加利福尼亚的纳帕和索诺马山谷。那年春天，在从尼斯机场开出来的路上，我陶醉于中世纪建筑、各种果树格子状菜园，以及望不到头的玫瑰树丛，玫瑰散发出甜蜜的香味。整片地区似乎都在争奇斗艳，只不过是嗅觉方面的，茉莉、夹竹桃、杜鹃、薰衣草、玫瑰和各种柑橘的香味弥漫在空气中。过去的贵族男女蜂拥来到这里，寻找香氛掩盖体味，还用各种香料来淡化腐肉的气味，为寡淡食物注入风味。

  目睹这一切后，我终于理解了为什么格拉斯至少从18世纪起就成了"香水的罗马""香水的应许之地""香精的巴黎"。我也终于理解了为什么现代高端香氛业在这里蓬勃发展。格拉斯是香奈儿为香奈儿5号香水调配玫瑰精油的地方，也是霍比格恩特为四时花语（Quelques Fleurs L'Original）寻找主要原料的地方。（一种经典而独特的香水，备受戴安娜王妃喜爱）。

  卡门和我一同参观了各种地窖、工厂、实验室和储藏室，我对香氛行业有了新的认识。松香是市场上最实惠的香氛之一，通常作为复杂香氛的基调。知道是一码事，但像我们一样去观看压榨松油又是另一码事。工人操作着大型金属机器，引导树干进入研磨刀片设备。轰隆隆的声音从机器内部传出，虽然看不见，但我们知道，机器一侧产生了碎屑，另一侧的细管则导出松油。在农业巨头嘉吉公司的加工厂里，我们看到了柠檬皮香精的冷萃过程，在一家名为Mane的公司，又看到机器人手臂将少量昂贵的专用香精混合到木质或柑橘基香精中，这里10滴，那里8滴，就能产生无与伦比的名贵香味。

  玫瑰精油的生产过程错综复杂，令人心碎。对于这些最昂贵的精油，专业调香师（业内称为"鼻子"）不会像萃取松油那样,也不会冷压。相反,当他们确定玫瑰香味达到最浓时,工人会采摘上百万片玫瑰花瓣,浸泡在一种类似肥皂水的溶剂里。这样,花瓣香味会逐渐浸入液体。经过溶解后将液体转移到一个大罐中,缓慢加热,使油与剩余液体分离。令人心碎的部分来了:1000 公斤的花瓣通常只能产生 1 公斤的精油。要知道,这些花本可以作为餐桌的中央装饰,也可以作为数百次家庭聚会或初次约会时的花束。

这次旅行敲响了警钟,我们需要与香氛供应商保持更密切的联系。就像侍酒师对待葡萄酒一样,专业调香师可以测出橡木、浆果和矿物质的细微痕迹,然后在实验室里用化学方法重现出来。和蜡烛制作一样,香氛是艺术也是科学,既需要精确的化学分析,也需要想象力。出差前,卡门和我不理解这一点,也不知道香氛价格剧烈波动的原因。现在明白了,价格相差 5 美元或 10 美元,精油的气味和质量会大不相同。旅行结束后,我要求设计和香氛营销部门的每位员工都去参观一家香氛厂,还开始对蜡烛和家用香氛采购员开展相关培训。他们也不了解混合和蒸馏,采购时也是稀里糊涂的。

用味道讲故事

在格拉斯上完"嗅觉大师课"后，我准备用香味讲故事，公司另一重大里程碑出现了。千诗碧可不再局限于蜡烛业务，同时转向家用香氛行业。我开始针对香氛进行创新，还注意到每一种香氛都包含一段旅程。仔细观察，你会发现香氛其实是在娓娓道来旅程的故事。

我最喜欢的人物是埃及艳后。这位著名的女王坐船去见罗马著名政治家马克·安东尼（Mark Antony）将军时，用檀香木为自己熏香，船上充满香氛。从芬芳小船上岸后，她立马迷住了安东尼，后者为她放弃了财富、权力和家庭。每当我要讲述温馨或神秘的香氛故事，都会用到茉莉花、麝香和广藿香等东方香调。麝香和琥珀最初由动物腺体混合而成，散发出性暗示和亲密感。幸运的是，现在的麝香都是人工合成的。

埃及艳后的香氛之旅为我带来了一定灵感，我于 2003 年推出了一款名为"寺庙"的概念香氛，作为面向全球的冥想系列产品。"寺庙"的香味是什么？对我来说，"寺庙"闻起来像燃烧的红木香，这种气味让我想到家乡杭州著名的灵隐寺和缅甸的佛教寺庙。这种气味包含檀香调，在中国、印度和孟加拉国都很流行，但也有枯木的味道，要么是堆积的苔藓，要么是在森林地面上，或者河流、海上漂浮的植被。在研究这些被水淹没而废弃的木材时，你会发现它们几乎都有了独特的香味，似乎开启了第二次生命，还唤起了神性，这就是"寺庙"系列想要传达的元素。

"寺庙"系列也象征着香氛和宗教传统的深厚历史。我们开始使用香油和香油膏之前，它们就已经具备了宗教和精神含义。在古代中国、印度和埃及文化中，人们对茉莉花等花草进行冷压，再供奉给神灵。根据专家的说法，世界上第一种香料来自塞浦路斯，当地居民燃烧香料，以此献给爱神阿芙洛狄忒。[①]在受到爱神的喜爱后，民众将香味用到自己身上，试图增加魅力，尤其是吸引伴侣。

但对我来说，"寺庙"系列之所以重要，是因为它让人联想到中国、埃及和佛教神话中的香火和香味，也可以让人想到在加州硅谷科技达人中流行的正念练习。和宗教一样，"寺庙"系列讲述了一个永恒的故事。在冬天解冻时节，山顶燃烧的木头，加上雨水和鲜花的混合气味，即使你和我一样不是虔诚的

[①] 希腊神话中代表爱情、美丽与性欲的女神。阿芙洛狄忒这一名字来源于"春药"。

信徒，这种气味依然会带你前往神圣之地，整个人也变得神清气爽。

每个季节都会讲述一段香氛的故事。2012年，我受邀到白宫为美国制造业的复兴做主题分享时，问奥巴马总统，秋天最受欢迎的香氛是什么。他礼貌地笑了笑，思考后说道："南瓜。"我尽可能温和地纠正总统先生，因为他的猜测也有一定道理。秋天确实让人想到南瓜，比如在万圣节雕刻南瓜，在烤箱里烘烤南瓜后撒上海盐和胡椒粉。但南瓜的故事性有限，我解释说，秋天讲述了"南瓜香料"的故事。南瓜与香草和肉豆蔻混合后，就成了一种强大的食品和营销工具，因为肉豆蔻有催情作用，可以为原本平淡的季节增添香气和风味。"秋假"开始时，我们又推出了新的蜡烛来讲述南瓜香料的故事。

每个人也会讲述一段香氛的故事。我走过的路催生了千诗碧可的香氛组合。这些香味似乎在诉说我的移民身份，一种东西方文化传统的交融。例如，"茉莉花水"是一种中性气味，它混合了茉莉花白色花瓣，以及盛秋早晨从切萨皮克湾飘来的咸湿空气，其中还夹杂着氧气的味道。这种气味传达出"保持地方感"的重要性，因为我有两个家，一个在杭州，一个在马里兰州。如果你远离家乡，周游世界，我希望这种气味能唤醒你对每一处地方的记忆,激励你继续走下去。

柠檬草桉树是另一种带有个人色彩的香氛,记录了我觉醒的经历。清新的柠檬草和马鞭草聚集在充满活力的桉树下,再与薰衣草和薄荷香调相结合,就能起到唤醒心灵、提升精神的作用。在纽约那家医疗器械公司工作时,我发现这里的生活单调乏味。周围环境和文化背景不重要,关键在于自己如何把握。当我点燃柠檬草桉树蜡烛时,精神活力又回来了,这些香调让我想起当年一心决定辞掉工作,追求创业梦的故事。

我还创造了橡树苔藓琥珀和地中海柑橘香氛,提醒人们在追求梦想、面对挑战时要保持根基稳定。还有什么比强大的橡树或金色琥珀更能传达出根基的重要性和时间的流逝呢?树木及其具有生命活力的树液可以存活几个世纪,而数十亿人却在繁荣和死亡间挣扎。这些气味与苔藓结合在一起,就可以传达出海洋的气息,暗示了扎根的重要性,但也鼓励人们探索更大的世界、拥抱更多的可能性。地中海柑橘的味道如万花筒般,结合了柑橘、葡萄果、豆蔻和百合的香气,也呈现出类似效果。柑橘传达出兴奋感和探索的乐趣,而雪松几个世纪以来一直扎根于地中海海岸,朴实的香调激励我们在面对变化时要脚踏实地。这两种香氛都代表了过去和未来,我希望人们点燃这些蜡烛时,能体验到扎根土壤的美好，萌发出直面挑战的信心和自由。

图 4-1
千诗碧可 20 周年庆典（摄于 2014 年）

几年后，在千诗碧可成立 25 周年之际（2019 年），团队研发了桂花香薰蜡烛，这是向我和我创立的这家香薰蜡烛公司的致敬。桂花小巧精致，就像一粒粒盛开的小米。到了 9 月，日本和中国的桂花都开了。这种香味立刻让人联想到家乡杭州的西湖。桂花有一个明显的特点：离它越近，就越闻不到香味。离远后，你会发现整个空气都弥漫着令人陶醉的香气。当时，公司用了四家供应商的香氛，分别制成四份蜡烛样品。创意总监向我展示这些样品时，我感动不已。不过，这款产品从未上市，因为我在2018年年底就辞去了首席执行官一职。但我永远忘不了这件事，就像你在秋天去西湖时，漫天桂花香也会久久不散一样。

建筑也讲述着动人的香氛故事。有时是无意的，就像老房子或建筑那种标志性气味。有时候是人为的，营销和采购部门与香氛供应商合作，推出适合百货公司和赌场的香氛，通常安装在空调通风口。就像香水的起源一样，化学家最初设计建筑香氛是为了掩盖体味、食物气味和烟味。

博物馆、机场等公共建筑也开始制造和使用"标志性气味"，以此增强参观体验，提升客户忠诚度，这种做法越来越有价值。有些气味很诱人。时尚达人、评论家和编辑在时装周和其他潮流活动举办期间都会住在纽约的格拉梅西公园酒店（Gramercy Park hotel），这家酒店与美国香氛公司Le Labo合作，打造了Santal 26香水。在纽约的一次潮流捕捉之旅中，时髦的大卫·桑伯格就住在格拉梅西公园酒店，从那以后，他就爱上了Santal 26香水。

世界贸易中心一号楼（One World Trade Center）也有标志性气味，由纽约州树和柑橘组成，名为"同一个世界"（One

图 4-2

千诗碧可 20 周年庆典上时髦的大卫·桑伯格和我（摄于 2014 年）

World）。为世界贸易中心一号楼打造香氛并非易事，现在的气味营造出庄严和尊重的氛围，因为这座建筑建于"9·11恐怖袭击事件"的废墟之上；与此同时，也有平静安抚的感觉，尤其是对许多不愿从 100 至 102 层的玻璃向外望的游客来说。总之，通过气味向游客展示韧性、进行激励绝非易事。

2005 年前后，我才了解到建筑香氛的门道。那时，我们要去巴黎参加 Maison&Objet 贸易展览会，中途去了伦敦。当时随行的还有设计团队的几名成员、大卫·桑伯格和塔吉特的几位采购员。我带大家参观了心爱的哈罗德百货公司，悠闲地逛了不同货区，直至来到园艺区。所有人都杵在那里，惊呆了。那时已经是隆冬，伦敦又冷又潮，但这里完全是不同的世界，点缀着绿色苔藓和新鲜盆栽花卉，还有休闲椅和各式各样的行李箱，一派生机勃勃的景象。我仿佛来到了海滨度假胜地，又好像是春天的花园。过了一会儿，我才意识到，尽管视觉效果一流，但这并不是人们被迷住站在那里一动不动的原因。

通过水基扩散器，这片货区的空气充满了诱人的青草香。而在出行和行李箱区，一种椰子和类似水宝宝防晒霜的香气充斥在空气中，顾客们在这里试用行李箱，想象自己在伊维萨岛上晒日光浴。这是我第一次发现香氛可以作为营销工具，气味成了营销人员所谓的"延长逗留时间因素"的一部分，可以留住消费者购买更多商品。这也是我第一次看到气味被纳入"感官上的品牌营销"，即把感官情绪和生理反应与产品或服务关联起来。虽然这次旅行没有激发新的香氛故事，但我进一步意识到，香气可以激发感情，刺激想象力，把人们带到不同的世界。

不过，有时因为创新过度，某些香氛故事只能草草收尾。2005年前后，痴迷养生的千禧一代开始在社交媒体上发布球芽甘蓝和菠菜冰沙的照片，蔬菜变得越来越重要。我们的设计师也注意到了这一点。蔬菜的地位直线上升，主流餐厅不再以牛排和土豆为主食，开始供应羽衣甘蓝和奶油南瓜饭，当时的第一夫人米歇尔·拉沃恩·奥巴马（Michelle LaVaughn Obama）在白宫高调地开垦了一个菜园。但我们的胡萝卜、羽衣甘蓝和烤茄子香薰蜡烛反响不佳，那次创新以失败告终。

图 4-3
我为第一夫人米歇尔·奥巴马设计的礼物（2010 年第一夫人将它送给来纽约参加联合国大会的两百多位国家元首的伴侣）

其实，有些失败和文化有很大关系。无花果散发着淡淡的植物气息。我们公司的欧洲员工经常拎着一袋无花果，当作午餐甜点吃。美国同事有一次在午餐时间问："这个不煮就可以吃吗？"虽然无花果在北欧、地中海和中东地区很常见，但美国人不会把无花果当作零食来吃，因此对无花果没有什么嗅觉记忆。我本应该要注意到美国同事当时的反应的，但是疏忽了。最终，我们放弃了大部分的无花果香设计。不过，如果把无花果作为香氛的部分元素，而不是作为主调标出来，它们还是很受欢迎。荔枝香氛也是如此，这种水果在亚洲很流行，但美国人缺乏相关的嗅觉记忆。

在与公司内部设计师，以及与香氛公司的合作下，我已经研发出数百种香氛了。这也意味着，另一个重要里程碑又出现了：千诗碧可的香氛库拥有了独特的嗅觉标志！公司成立最初那几年，我只能用负面词汇来描述这一标志。尽管非常尊重美国大型香氛公司的专长和实力，但我不希望自己的蜡烛散发出甜美花香或者食物的气味，比如蓝莓、树莓、糖饼干和巧克力圣代的气味等。而现在，有了旅行、实验，以及与香氛公司合作的经验，千诗碧可不仅远离了花香和食物气味，还作为一家日益壮大主打香氛的公司，坐拥独特的香氛和标志性的香氛库。

千诗碧可的嗅觉标志包括两个方面。最突出的特点是以自然为灵感的香氛，尤其是植物、臭氧和绿色气味（而不是花香），散发着松树、自然景观和男性古龙水的味道。其次，我们的嗅觉标志转向了"概念"层面。醒来是什么味道？幸福是什么味道？除了格雷诺耶之外，其他人可能都会觉得这些问题很蠢，因为感情是高度主观的，文化因素会让一个人快乐，也会让另一个人沮丧。但概念香水已经打开了市场，1997年，倩碧大刀阔斧地推出了亮橙色的香水，名为"快乐女士（Happy Lady）"。这款香水瞬间成为香饽饽，专业人士好评不断，一切都表明，人们正在形成一种共识：幸福很像含羞草、佛手柑和葡萄柚的气味。

香味是一门科学（下面会讨论），某些香味可以重现场景，描述抽象概念。例如，肉桂是一种令人兴奋的香味，而洋甘菊和薰衣草有放松的效果，让人感到喜悦和满足，但由于过于醇厚，无法激发快乐和兴奋。利用这些概念，我渴望自己的香调可以达到爱马仕调香师的高度，既优越又花了很多心思。爱马仕拥有全球最厉害的调香师，收集了世界一流的概念香调和花卉以外的自然香调。我的复杂香水系列，比如注入麝香的"铜月亮（Copper Moon）"，兼具概念性、现代性和环境性。和爱马仕一样，千诗碧可的设计师从不隶属于市场部，他们天马行空，不需要考虑资产负债表和顾客小组[①]。

沉浸在这种自由中，化学家兼爱马仕内部调香师克里斯汀·纳格尔（Christine Nagel）将调香师比作芭蕾舞演员，多年的实践和训练会在每一个迎风展翅的动作中闪光；又像画家，在一系列材料上作画，制作全新的香水画布；又是流浪者，执着于精神追求。我试着用同样的想象力来构思"满月（Full Moon）"系列，思考满月是什么颜色（敲定了紫色），如何捕捉古代和现代传说中满月的艺术颂扬和纵情酒色（注入性感的东方麝香），以及如何唤起异国情调（添加一丝紫藤，暗示熔岩的气味和质地）。

像所有大型藏馆一样，我的香氛库有一定精髓，但也不乏悖论，甚至是矛盾。千诗碧可的香氛库精致好用，复杂却令人耳目一新：简单、高度抽象而精确、俏皮而富有哲理、温馨而前卫。它吸收了欧洲的优雅、美国风景的壮丽（如切萨皮克湾等），以及东方的神奇和威严。流行与永恒，我的香氛库做到了。

---

① 顾客小组是将若干名市场参与者集中起来，在一位专业主持人的引导下进行讨论的一种定性市场调研方法。——作者注

新的尝试：芦秆香薰

千诗碧可的标志性香味主打环境和概念，主要以精炼石蜡为媒介。1995年公司成立时只生产柱状蜡烛，配套不同颜色、不同宽度和高度。这些蜡烛是坎贝尔汤罐头盒实验的意外收获，后来，石灰绿和白色蜡烛在布鲁明代尔大卖。不过，随着对香氛的探索越来越多，我们也相应地创新了容器，到1999年，开始使用玻璃和陶瓷来盛放香薰蜡烛。这是容器的首次创新，我立即尝试了不同的颜色和纹理组合，通过酸洗打造磨砂外观，并与玻璃生产商合作，制作出清晰的彩色饰面。尽管磨砂玻璃很美，特别是不同颜色的磨砂玻璃，但因为价格昂贵，大多数化妆品和蜡烛产品很少用到这种材料。我们的主业还是制作蜡烛，而非玻璃，因此必须和玻璃生产商合作，后者要么提供有"纹理"的玻璃，要么是简单的容器，我们再拿到工厂为其添加纹理、颜色和丝印。

到了千禧年之交，千诗碧可已经转变成包括罐子和蜡烛的套装品牌，而非单一的柱状蜡烛。有些罐子的特色是纹理，我们希望能为家居装饰品注入更多风格和优雅的元素，毕竟，当时基本就是一个普通玻璃罐搭配一种香味。美国的住宅流行当代和极简主义，我顺着这一设计视角，计划推出更时尚的产品。

我还尝试了其他材料，如锡、竹子和混凝土。其实，在罐子上做文章有利于更好地挥发香味。单炷蜡烛只能含有4%的香氛，但实际上会更少，因为蜡烛燃烧时不稳定，会"出汗"或流失更多香味。相比之下，罐装蜡烛的香味更浓郁。

蜡烛燃烧时会发热，因此，无论是用玻璃容器盛放的蜡烛还是单炷蜡烛，它都是最佳的香味挥发体。不过，烛火存在重大安全隐患。一想到孩子或宠物因为接触明火受到伤害，或者加利福尼亚等火灾频发地区因为无人看管蜡烛导致火灾，我就不寒而栗。这些担忧不无道理。2000年，塔吉特在亚特兰大开展市场调研，在一个焦点小组的访谈中，我们询问消费者购买蜡烛情况和其他生活习惯。其中，一位女士的回答让我永生难忘。

"我太喜欢千诗碧可的蜡烛了！"她滔滔不绝地说，"我整天都在用蜡烛！最喜欢在去杂货店之前点燃一些蜡烛。回家时，房子里的味道会超级棒！"

我愣住了，胸口传来一阵剧痛。我们的蜡烛都带有警告标签，告诫蜡烛燃烧时不可无人看管。但现在，这位善意的客户无视了这一提示，尽管她是我们的忠实粉丝。

石蜡方面的创新还在继续，与此同时，出于兴趣和环保的考虑，我开始追求非易燃家用香氛产品。我希望自己的产品在不造成致命风险的情况下，为家居空间增添一丝精致和奢华。市场调查显示，目前有其他香氛产品，包括熏香（并不能完全消除火灾隐患）、香珠，以及用于去除十几岁男孩的健身包气味或猫砂等难闻气味的香水喷雾。但我想要更创新的东西，所以尝试了木珠和碎木片，发现软木和其他轻质木材是强烈的香味挥发器。不幸的是，经过几次使用后，这些木珠和木片就变得脏兮兮、油腻腻的，毫无吸引力，便放弃了这一想法。

除了安全性和创造力，我对香味扩散的兴趣还源于一种新的市场趋势——香水层次感。这个概念很简单，如果你真的喜欢香奈儿5号香水，可能就愿意买香奈儿5号系列的洗手皂、沐浴露、蜡烛等。美国肥皂和乳液连锁店Bath&Body Works是这方面的领头羊，走进其中任何一家商店，你都会发现香味产品多达40种形式。如果你喜欢香草，就可以看看香草味的洗手液、肥皂、浴球、蜡烛和香薰茶烛。如果改变香氛挥发方式，我就可以推出更丰富的产品线，以新颖安全的方式扩散香气。

进入千禧年后，我每年都要求团队在这一方面推出一项重大创新。第一次尝试就获得了成功。在某次欧洲灵感之旅中，我注意到一些公司使用了一些小棍子，这些棍子是从南亚河岸上的芦苇草中提取的。他们也是研发公司，去了南亚河岸，拔下草叶后去除纤维外皮，留下含有大量毛孔的细棍子。经过干燥等一系列防霉处理后，这些精致的小棍子可以作为有效的香味挥发器。

我梦想着，芦秆香薰能像之前的蜡烛一样在塔吉特大卖。过去，这些高端产品只能在昂贵的精品店和百货商店买到，但我希望它们能进入美国主流市场。我开始在中国寻找能够吸收和散发香味的芦苇。此前也有人计划在芦苇上做文章，但我想知道自己是否会成为美国第一个付诸市场实践的人。当时，还有一家叫作佐达克斯（Zodax）的公司，也是主打设计，是我在塔吉特的主要竞争对手。一开始，我们尝试以酒精作为配方基底，因为酒精可以轻松将香味扩散到空气中，但考虑到监管障碍，我们放弃了。一年多来，我们一直都在研究香味的化学成分，还尝试以水为基底，但总是失败。

制备高质量的芦秆也困难重重。有时我们会收到模具包裹的芦秆！这些草要么处理不当，要么有水渗入。其他时候，货物在季风季节从亚洲发货，在运输过程中就发霉了。无论原因如何，看到发霉的芦苇和闻到石蜡里的汽油味一样，简直是噩梦！你是否在杂货店买过芦笋，或者盒装糖果和巧克力，在产品和包装之间发现一个类似泡沫塑料的小白条？这个小白条是干燥剂，可以除湿，防止产品变质。在几批糟糕的货运后，我们在东亚找到了一些尽职尽责的供应商，他们会提前对芦秆进行干燥等一系列处理，装运时再放上干燥剂。

打入市场是另一个障碍。即使芦秆不错，香味可以稳定挥发，产品组装也会带来一定风险。有时精油会泄漏，就像洗发水从瓶子里漏出来。此外，玻璃杯、密封的芦秆和香氛需要小心正确地组装在盒子里，这是机器无法完成的，整个过程需要大量人力。但我们又必须以更高的产量和更低的价格交付给塔吉特和贝德柏士比昂。经常光顾格子铺的顾客不习惯产品单价超过30美元，所以我们必须压缩包装成本。

最终，我们击败了佐达克斯等竞争对手，成为第一家将芦秆香薰打入美国主流市场的公司。即便如此，芦秆香薰的表现一直都是喜忧参半。在产品测试会议上，有些人觉得需要焚烧芦苇获得香味。2014年有一天，在招待朋友和他们的双胞胎孩子时，其中一个小孩去了一楼的化妆间。听到小孩尖叫后，我们急忙赶过去，发现他喝了芦秆香薰液。我们立马把他送到急诊，幸好无大碍。后来一想到当时的场景，我还是吓得一身冷汗。

2005年，芦秆香薰问世，象征着千诗碧可在创新香味挥发上的首次成功。尽管早期有一系列产品采纳了熏香，但美国人不太习惯焚香，导致销量不好。相比之下，芦秆香薰成了大热产品，销售额不断上涨。更重要的是，芦秆香薰不是作为高端产品单独出售，而是与蜡烛一起推出。这样一来，不仅顾客有了更多选择，还意味着我们在打造香水层次感方面的首次成功。

千诗碧可一直钟情自然元素，因此，我不断寻找更自然的香味扩散系统。我们和国内一家供应商合作，开发了香薰加湿器，一种使用超声波技术扩散香味的小型机器。你只需在一个盆里倒入水，再加入几滴精油，系统就会向空气中释放出清新的香味。加湿器在2015年推出，安全、易操作，适合多种气候。在夏季，比起蜡烛，顾客应该更喜欢清凉的薄雾。在干燥的冬天，他们也争相购买，因为这种加湿器既能散发香气，还可以保持湿度。

在我的香氛世界里，我一直梦想着创造一种名为"徐梅Pod"的移动设备：一种类似苹果手机的设备，内置香氛盒。一按开关，设备会将薰衣草或檀香等气味散发到周围环境中。想象一下，你坐在纽约的出租车或网约车里，闻到大蒜和汗水的气味，或者走进托儿所或车库，想要消除闻到的气味。"徐梅 Pod"就是一个理想的解决方案。在未来，它或许能让旅行变得更安全，比如香氛盒内含除臭剂、去污剂和抗菌剂，为飞机、火车上的乘客打造更舒适、更卫生的环境。

"徐梅 Pod"尚未问世，这一强大的香味扩散系统离不开未来的创新技术，电动汽车设计师早就在翘首以待了。在我写这本书的时候，电车电池最多可以续航 350 英里[①]。如果有人推动电池寿命的创新，充一次电就能续航 500、1000 英里，最终实现跨国旅行，个人出行方式将迎来一次重大变革。这项技术还将使其他行业受益，因为电池有望提供加热所需的大功率，可以使"徐梅 Pod"源源不断地散发令人愉悦的自然气味。

给世界留下健康和治愈的芳香

除了改善居家和旅行环境以外，我还希望有一天，千诗碧可的自然调香氛可以提升身体健康。自从了解了芳香疗法后，我一直对这一领域很感兴趣。在与彼得·弗兰奇见面并达成合

---

① 英制单位，1 英里约等于 1609 米。

作关系后，我开始探索全球各大香氛公司，了解它们的亮点优势，以及研发计划。终于，我来到了总部位于纽约的美国国际香精香料公司（IFF）。IFF 是世界上最大的香料公司之一，在新泽西州设有实验室和配套设施。

我在 IFF 的联系人是一位欧洲人，他很欣赏千诗碧可简洁的审美。1996 年年末的一天，他带我参观了工厂，介绍了几位公司内部的调香师。其中一位 70 岁左右的印度专家谈到了芳香疗法。他说，某些香氛相当于强大的兴奋剂，会影响情绪反应系统，促进健康和幸福感。

这位印度专家在纸上画了一幅带有 x 轴和 y 轴的图。x 轴代表情感，其中一极表示"快乐"，另一极为"悲伤"。y 轴顶部为"警觉或主动"，底部为"被动或睡眠"。整个图表产生了四个象限。专家告诉我，这四个象限囊括了世上所有香味。

有些香味是快乐的，还可以产生轻微的镇静效果；有些让你高度警觉，但依然悲伤。举个例子，柠檬散发着快乐和警觉的气味，位于右上象限。在炎炎夏日狂饮一杯柠檬水，你肯定觉得神清气爽。相比之下，肉桂不会让你快乐，所以位于轴的中间，但肉桂肯定会唤醒刺激其他感官。生长在亚洲热带地区的依兰花在图表上离薰衣草很近，有抗抑郁和抗焦虑的作用，让人快乐；也能控制心率，对抗失眠，让人感到放松。

这次见面给我留下了深刻印象。虽然我从未在公司正式讲解过这一图表，但它成了评估香氛的重要参照。我发现，在开发概念性很强的香水时，这种图表特别有用，可以作为一个基准，帮助我评估某种香味对情绪的影响。此外，我对芳香疗法更感兴趣了。几个世纪以来，中国、日本和印度的传统医疗从业者一直在使用芳香疗法，利用香氛的抗菌和抗病毒性来减轻怀孕的痛苦，治疗失眠、癌症和心血管疾病。西方一些医生也相信芳香疗法的作用，而另一些人则持怀疑态度，认为只是心理暗示罢了。换言之，你觉得喷在枕头上的薰衣草香氛有助于睡眠，这其实是安慰剂效应，你还真的睡着了！

科学界的共识开始朝着支持芳香疗法的方向发展，还揭示了环境对逆转衰老过程的强大作用。2014 年，《纽约时报》刊登了一篇文章，是关于哈佛大学心理学教授艾伦·兰格（Ellen Langer）的开创性工作。这又激起了我的兴趣。在 1981 年的逆时针研究中，兰格将八名饱受衰老折磨的老年人"送"回了 20 世纪 50 年代末的青年时代。这是一次身临其境的角色扮演，历时多天，兰格留下了当时的冷战新闻报道，播放了埃德·沙利文（Ed Sullivan）主持的电视节目，把他们当作年轻人对待，让他们自己把行李搬上楼。这些试验者早已在心理上做好重返年轻的准备，行为方式更向年轻人靠拢。仅仅五天后，他们体内的生物标志物水平都得到明显改善。

兰格几十年来的研究进一步验证了这些发现，还有助于推翻一个错误的医学假设：我们只会因为病毒或细菌感染而生病。相反，她的研究表明，环境因素既能促进衰老，也能促进身体自愈。我仔细研读兰格的研究，忍不住思考，气味是否也可以起到一定作用，因为它能唤醒感官，唤起那些原本可能再也无法触及的沉默记忆。

我梦想着，有一天能与科学家或生物医学初创公司合作，开发一系列环境调香氛，帮助唤醒阿尔茨海默病、帕金森病、痴呆症和其他神经退行性变患者的记忆。嗅觉是五官中存在感最低的，在治疗这些疾病时，人们应该多关注嗅觉的作用。长期以来，视觉都是感官之王，因为视频等视觉媒体占据了至高无上的地位。听觉紧随其后，因为我们不断受到音乐和其他声音的轰炸，口味也越来越丰富，千禧一代越来越看重体验，餐饮和美食体验大幅助长了餐厅和特色美食文化。触觉也不错，我们一伸出双手就可以感觉到棉花、皮革和明胶的不同质地，这些感觉甚至会激发情绪。

气味是一种更细致、更强大、更复杂的东西。嗅觉神经直接连接着记忆神经，这就是为什么气味经常唤起童年回忆：母亲的香水、祖母的蛋糕、祖父的麝香皮箱。在这个被某位评论家称为"用眼过载"的时代，嗅觉仍然是最不起眼的。一些公司已经注意到，在营销和品牌推广中使用了"标志性气味"后，销售额和品牌忠诚度都有所提高。医学界也注意到这一点，正如芝加哥嗅觉和味觉治疗与研究基金会的神经科主任艾伦·赫希（Alan Hirsh）博士描述的那样："最快改变情绪或行为的方式是通过气味。"相关研究表明，像饼干这样的烘焙食品可以唤起童年记忆，花香可以提高学习效率。另外几项科学研究测试了芳香疗法对神经退行性变的影响，其中一项结论是，研究人员"发现芳香疗法是一种有效的非药物治疗痴呆症的方法。芳香疗法可能在改善认知功能方面有一定潜力，尤其是针对阿尔茨海默病患者"。

我想象着香氛的未来。在这个私人定制盛行的时代，大家都拥有了个性化的手套、领带、手表、药品等。就像建筑的标志气味一样，我相信人们很快也会拥有个性化的气味。这些气味会有更多功能，不仅仅是作为个性的延伸，更可以起到治愈疾病的作用。我有时会想：如果我能从父亲的童年中制造出一种气味，唤醒他的某些记忆，那会是什么场景呢？闻到这种气味后，我们回忆起在国内的工厂以及在杭州度过的美好时光，到时又会如何？

如果与科学家和化学家合作，我计划从普通的嗅觉实验开始：早上，向用了很久的家具注入肉桂、柠檬和柑橘的香味，观察能否让人们精力充沛地度过新的一天；晚上，注入洋甘菊和薰衣草香味，看看能否起到放松的作用。然后，我想为像我父亲一样患有严重疾病的患者打造个性化气味，比如合成他们年轻时喜欢的香味，让那些淹没的记忆重新活跃起来。大家都知道香味可以唤醒旧时光，提振消费，为生活空间增添质感、活力和能量（希望这是千诗碧可的功劳）。现在，我的梦想是给世界留下健康和治愈的芳香宝藏。

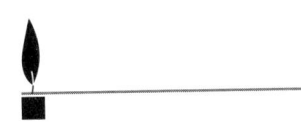

创新不局限于智能手机应用程序和计算机芯片，千诗碧可就是围绕研发香氛和香味扩散机制不断创新的。

您的产品或服务是否会造成身体伤害或环境风险？如

果是，请抓住这一创新机会。由于担心蜡烛的火灾隐患，我开始思考转向更安全、更高收益的香氛扩散媒介。事实证明，后面的创新提升了千诗碧可的品牌和收益，产品也更加安全。

开始创业时，您需要找到空白市场。香氛行业竞争激烈，我发现很多公司专注于包装、名人营销和"美食家"（食物调）香氛，因此，我转向了更具植物性和想象力的香氛组合。

您的创新可能会有意想不到的应用。谁能想到，注入蜡烛的香氛有朝一日会应用到芳香疗法，帮助治愈疾病和改善生活？当业务难做、市场竞争激烈时，更要坚持不懈，因为您的产品和服务可能有一天也会产生意想不到的结果。

5

工厂迁移计划

我曾经开玩笑说，蜡烛这行就像避孕套，不太容易受到经济衰退的影响。亚洲金融危机（1997年）、互联网泡沫、"9·11"事件后的衰退、大萧条（2007—2009年）和新冠疫情大流行让无数行业陷入困境，但蜡烛行业还是欣欣向荣。在经济不景气的年代，人们没钱旅行，没钱购买珠宝等高端产品，只好投向蜡烛这一实惠精美的"奢侈品"。

全球经济衰退对我们的影响微乎其微，真正的生死威胁出现在21世纪初的反倾销关税。许多国家开始对某些公司或产品征收关税，以确保进口产品与本国产品的公平竞争。美国也不例外。如果一家"举止不端"的公司在美国市场以过分的低价倾销产品，美国公司可以向商务部申请发起反倾销调查。

20世纪90年代至21世纪初，中国出口急剧增长，受到了极其严格的反倾销调查。如果一家中国公司向美国市场倾销蜡烛等产品，针对这些工厂的反倾销规则适用于该行业所有公司，无论他们是否有倾销行为。

反倾销关税一直是千诗碧可不得不面对的现实，我们每年的利润率也因此进一步削减。2000年前后，看到这些关税噌噌上涨，我就怀疑中国的蜡烛出口行业将陷入大麻烦。事实证明我是对的。2004年，所有中国进口蜡烛的反倾销税从58%飙升至108%以上！把蜡烛从中国运到美国不太可能赚到钱了。

2002年前后，王勇和我开始到处寻找其他地方建厂。我们先考察了蒂华纳，一个将墨西哥下加利福尼亚半岛与美国圣迭戈分开的城市。蒂华纳因毒品贩运和暴力而臭名昭著，在参观了几个工业园区后，我们一下子就明白了，于是开始将目光转向菲律宾。菲律宾是个美丽的国家，之前的美国空军基地成了繁华的工商业区。然而，我们一下飞机就倍感失望，公众骚乱随处可见，仓库需要武装士兵守卫。下一个目的地是泰国，尽管东道主热情好客，但这里的劳动成本高于其他亚洲国家，炎热的气候也不适合生产蜡烛。

感谢我那双善于挖掘潮流的慧眼和敏锐的国际政治视野,王勇和我来到了越南。冷战期间,越南和美国政府互为死敌。1995年两国外交关系正常化后,越南传统农业经济开始走向工业化。2002年来到越南时,我一下子就喜欢上了这个国家。东西方文化在这里交融,奶牛在街上漫步,阻断了崎岖不平的土路交通,戴着标志性三角帽的工人们在远处平静地耕耘着美丽的稻田。法国殖民主义的渗透依旧鲜明,每个街角都有法棍面包、西式冰镇咖啡和惊艳的法国越南融合菜。不过,最吸引我的还是这里诱人的商业环境。当地的人们年轻勤劳,受过教育,让我和王勇想起了20世纪80年代的中国。我们遇到的企业经理中,几乎有一半都会说普通话。越南的佛教建筑还让我想起了家乡杭州。

低廉的劳动力成本、顺畅的语言交流和踏实肯干的工人说服了我们,2004年,我们把工厂转移到越南北部城市河内附近的Haiphong。当地政府因为本土生产的产品要出口到美国,也深以为豪,还给了工业园区的优惠价格,降低了中国原材料的进口成本。建厂后,我们很快就壮大了工人队伍。第一年,我们雇用了500名新员工,实行两班倒,最终员工总数增加到了3000人,与中国工厂人数最多时持平。

新工厂名为"芳香湾蜡烛（Aroma Bay Candle）"，是越南第一家蜡烛厂。许多竞争公司注意到后纷纷效仿。几年后，越南北部地区形成了小型的蜡烛产业，五六家工厂如火如荼作业，空气中弥漫着醉人的香味。尽管越南的基础设施不发达，当地竞争日益激烈，但它不仅仅将千诗碧可从反倾销的生存威胁中拯救出来，还给了我们蓬勃发展的机会。

图 5-1
越南工厂的蜡烛生产线（摄于 2020 年）

一波三折的建厂路

最重要的是,越南工厂推动了产品创新。我一直相信,设计和制造是一体的,把制造掌握在自己手里才能加速创新。大部分竞争对手都是外包生产,再通过产品定价竞争,但我会好好把握制造,用设计来迎合消费者。

在越南工厂,设计师们开始用锡、玻璃、水泥和陶瓷容器做实验。市面上很多蜡烛都使用特殊罐子盛放,但千诗碧可是第一家将蜡烛整体打造成奢侈品和时尚物件的公司,因为我们在纹理质感方面做了大量实验,而且将高度创新的香味注入蜡烛中。如果把中国工厂生产的柱形蜡烛比作时尚的基本元素,如蓝色牛仔裤和白色衬衫,这些越南制造的罐装蜡烛就是高定服装或别致的办公室套装,可以用于舞台表演。

时尚的罐装蜡烛生意在越南起步,我们开始为柯尔百货公司(Kohl's)、贝德柏士比昂公司、塔吉特等大型零售商设计专供系列。2007年,我为柯尔百货公司打造了一个非常受欢迎的罐装蜡烛系列,作为柯尔百货公司旗下品牌,名为"Sonoma"。有了这一成功,我向塔吉特提供了一个名为"家居香气(Home Scents)"的独家系列,最终销量创下纪录。

越南工厂最伟大的创新是高浓度香薰蜡烛礼盒。2005年前后,在一年一度的伦敦"研发"之旅中,我参观了祖·玛珑(Jo Malone London)的精品店。祖·玛珑在20世纪90年代中期开始在伦敦做美容师,那时候,我正在马里兰州房子的地下室进行蜡烛实验。我获悉她是因为我们有着相似的审美,都钟情于植物混合香气,拒绝在产品纯度和质量上妥协。1999年,雅诗兰黛收购了祖·玛珑,将这家以优质香氛闻名的小型精品店推向全球。

参观祖·玛珑时,我一下子就被精致的蜡烛礼盒吸引,在那次旅行中,我还注意到欧洲各地的百货商店和高档精品店都出售这种盒装蜡烛。难道美国人是因为高昂的价格而没有抓住这一潮流吗?我又想起另一次旅行中,在意大利看到的芦秆香薰(见第4章)。或许,我可以让这些高档蜡烛更加平民化,主流消费群体也能买得起,就像之前的芦秆香薰一样。

越南工厂投产不久后,我就感觉美国消费者可能会喜欢这样的产品。于是,我和高级设计师一起向塔吉特推出了高端香薰蜡烛礼盒。这项工作的挑战相当大,我现在销售的是一种高级香薰蜡烛,就像布鲁明代尔或内曼·马库斯(Neiman Marcus)百货公司化妆品专柜摆放的那种,但价格仅为9.99

美元，而不是 50~75 美元。我们严守质量标准，因此，既要让产品拥有祖·玛珑的价值，又要符合塔吉特的价格点，操作起来简直是天方夜谭！于是，我们把目光投向香奈儿、汤姆·福特和祖·玛珑等类似的供应商。前者的头香可能含有更多精油，但我们的质量完全不相上下。

不过，祖·玛珑是在伦敦采购手工蜡烛和盒子，然后在内曼·马库斯（Neiman Marcus）、布鲁明代尔和萨克斯第五大道（Saks Fifth Aveneu）百货的化妆品专柜销售，这种做法无疑提高了公司的营销成本，又降低了利润率。节省营销成本，保证更高销量可以让售价更具优势，而且我们购买石蜡、包装和精油的成本更低，同时又完全避免了反倾销关税。另外我还发现，产品包装很重要，蜡烛外面套上一个精美的盒子，价格就可以翻倍，还能保存更多新颖的香味。

我去纽约、巴黎等地旅行时，也在寻找创新灵感。和往常一样，我还是钟情极简风和现当代设计，采用了天然植物香氛来打造礼盒产品的平衡与和谐感。"纯粹与自然（Pure & Natural）"就是一个在美学上做到极简的植物香氛系列，也是千诗碧可最成功的礼盒蜡烛之一。"纯粹与自然"依然主打设计，包括各类香氛。但这一次，消费者是拎着礼盒回家的。

2006年5月，塔吉特推出了千诗碧可礼盒蜡烛，作为当季活动的高端产品。这些礼盒精美大气，再加上越南工厂制造的蜡烛质量过硬，一上市就大获成功。2006年年末，塔吉特在1000家连锁店又专门为我们开辟了16英尺的货架（相比之下，千诗碧可其他系列的货架只有8英尺），还打造了一场别出心裁的"香浓蜡烛"活动。新空间里摆放着礼盒蜡烛和一款新的高浓度罐装香薰蜡烛（添加双倍香氛）。新产品大受欢迎，补货呼声源源不断。

尽管礼盒蜡烛和罐装蜡烛提高了营业额，但越南工厂在2008年经济大衰退期间受到了影响。那时，美国经济出现疲软迹象，商品价格飙升，大幅增加了空运和海运成本。中国进口的石蜡、玻璃杯、竹盖、标签和香氛变得极其昂贵，把成品运到美国港口的成本也急剧攀升。此外，全球经济收缩后，海外航运公司开始减少航线，危及公司周转和产品上市时间。

劳动成本也在飙升。由于反倾销的影响，许多产业都转移到了越南，那里的薪资水平开始上涨。我们当年在越南北部建厂时，运输蜡烛的海防是一个古老的港口，仅有几家日资电视机制造公司和几家电子产品公司是那里的常客。接下来几年，玩具公司、家具制造商和时装公司都搬了进来，由于产出增长过快,这些公司必须错开生产,才能保证设备持续运转。越南市场基本就是简单的供求关系,再加上人口规模较小,大家对当地工人的需求越来越多,从2006年到2009年,我们的工人薪资增长了约30%。

千诗碧可在很大程度上创造了亚洲的香薰蜡烛行业。竞争对手非常想挤入市场,甚至不惜收买我们的工人去偷香薰样本。这些配方对我们的重要性不亚于药品专利之于制药公司、版权之于电影公司、独家算法之于硅谷巨头。

面对成本飙升和竞争加剧,我需要凭借多年来积累的商誉与大型零售客户谈判涨价。可时机不佳,这些零售公司也正处于国际金融危机的阵痛中。他们不但没考虑涨价,反而要求降价,让我承担更多仓储责任,我们自己储存产品,这样他们就可以降低库存管理成本。如同反倾销一样,这些挑战触目惊心。

直到2008年的一天,在与一位资深采购员的例行谈话中,我想出了一个或许可行的方案。这次交流非常愉快,尤其是在开始的时候。采购员告诉我"家居香气"系列的销售情况,还讨论了消费趋势。我们注意到,柱形蜡烛作为装饰品很受欢迎,就像很多美国家庭往沙发床扔个枕头,讲述一个色彩故事一样。紫色蜡烛寓意春天,而浴室中的两根粉色柱状蜡烛会散发出柔美优雅的女性气质。不过，由于罐装蜡烛不需要外部支架，而且香味更浓，人们使用频率要高得多。采购员告诉我，柱状蜡烛和罐装蜡烛的销售比为1∶6至1∶5。越南工厂制造的罐装蜡烛比柱状蜡烛的销量要高得多，大多数零售商的存货一直不够卖，很多分店还专门为"家居香气"系列开辟更多摆放空间。我连表赞同，因为罐装蜡烛确实是我迄今为止在技术上最成熟的作品。

尽管我们的产品质量过硬，对消费者也有很大的吸引力，还是有一家零售商的采购员询问能否在下一批订单打折。考虑到成本增加，我只能拒绝。面对僵局，他随口说了句："你或许可以考虑在美国生产。"

这是第一次有人提出这个想法。马里兰州一直是千诗碧可蜡烛的创意和精神之都，美丽的海岸给我提供了无限灵感，帮助我塑造以环境和时尚为核心的审美。不过，把制造业转移到那里似乎是天方夜谭。虽然蜡烛是美国少数几个没有外包的行业之一，其国内多数蜡烛厂都是全自动化作业。尽管我们的中国工厂实现了一定的自动化，在越南也加快了这一趋势，但出于对设计和香氛的重视，千诗碧可的自动化程度远低于其他美国同行。所以，这个想法似乎不太现实。

高昂的劳动成本是最大的阻碍因素。全球经济衰退后，一些制造商开始将业务迁回美国，但这么做的人不多。对大多数行业和产品来说，海外制造仍然是最划算的选择。2009年，我开始反省：能不能再次转移生产，这次不是在亚洲，而是在美国？

谋划马里兰"烛"造

要想在美国发展制造业，就必须应对复杂的物流、财务甚至文化问题，王勇和理查德这两位固执的工程师表示严重怀疑。理查德热爱越南，因为那里反倾销成本为零，设施价格实惠，劳动力年轻、熟练、勤奋且相对廉价。我深知自己的梦想是在设计上引领潮流，但仅凭这一点是无法说服他的，我梦想将品牌带到马里兰州，用设计和制造来推动创新。不管我怎么解释，大家都知道在美国建厂会让公司损失数百万美元，而且风险极大。事后来看，我很庆幸自己当时不清楚现实会有多昂贵、多痛苦、多令人心碎。否则，我可能永远也不会去尝试。

尽管高层抗议，2009年，我还是开始在全国调查租赁或购买设施的情况。首先，需要一个靠近主要港口的地方，因为许多原材料，如玻璃，都来自中国。加州看起来不错，我们从 1998 年开始就在长滩有一个第三方仓库。不过，虽然加州离主要港口很近，但事实证明不可行，因为那里的成本较高，公司的设计和销售依然位于数千英里之外的马里兰州。如果离家再近点呢？我们又把目光投向了巴尔的摩－华盛顿走廊，那里有大量闲置的仓库，其实这也说明了一个大趋势：产业整合和美国国内制造业向海外转移。

我们在马里兰州格伦伯尼（Glen Bernie）选定了一个破旧的两层仓库，面积为 125 000 平方英尺，位于巴尔的摩机场和航运港口附近。也就是说，无论是海运还是空运，运输原材料都很便捷。最重要的是，价格不贵。这个老旧肮脏的仓库建于 20 世纪 70 年代，之前一个酒类经销商在这里存储货物。这片地区还有其他整洁有序、运营专业的仓库，但这已经是市场上最便宜的了。

第一次去的时候，我在这个巨大的空间里闲逛，除了若干托盘的尊尼获加黑牌威士忌，这里空空如也。我不禁开始构思如何把这里变成一个功能齐全的工厂。现在缺少蜡烛厂必备的消防喷淋和空调系统，尤其考虑到马里兰州的夏天非常炎热。

而且只有两个浴室，远远不够容纳100多名工人。办公室空间过大，或许可以在墙上涂漆，改造成照片画廊，公关和营销团队在上面讲述公司的视觉故事，展示亚洲工厂、主要系列产品的照片，以及与合作者在塔吉特的合影。我留出了六到九个月的时间等许可证批下来，安装上了消防喷淋和空调系统，让整体空间都符合验收。如果一切顺利，我们将在2010年6月开始运作。

获得许可证是第一项艰巨任务。鉴于存在大量的空置仓库和制造业回流言论的传播，我本以为在美国建厂将畅通无阻，因为它将在衰退期间生产本国产品，拉动就业。但事实并非如此，政府制造了各种麻烦。以格伦伯尼安妮阿伦德尔县的许可证办公室为例，可能是因为马里兰州自20世纪90年代以来就没有出现过新工厂，政府办公室的档案里没有任何关于工厂的许可说明。一名政府官员向我们展示了一摞厚厚的小册子，都是医院、学校和餐馆的经营许可说明。他说："你的工厂符合这些标准后，我们才会批许可证。"

这个人肯定是在开玩笑，但又是一副认真的样子，我的思绪开始混乱。我们已经签了仓库租约，很快就要支付租金。施工队已经入驻仓库，正努力按照要求施工。他们在混凝土楼梯旁建造了坡道以符合《美国残疾人法案》，安装了更多浴室，硬线连接了重要的安全系统。我们还订购了昂贵先进的德国蜡烛制造机器和装配线，以及玻璃、蜡和特色香精。如果许可证办不下来，存储这些昂贵的设备又需要花一大笔钱。

所有的申请文书都是通过实物邮寄，整个过程无比缓慢。每次我们申请许可证或工程师提交申请后，政府办公室都要过两个多星期才能收到。一来一回，一个月后我们才会收到几页需要改进的内容。每一次收到反馈，我们都会立即整改，确保符合上述三本小册子的要求。

王勇和我知道在美国开厂会很贵。我们的启动预算是 250 万美元，预计要 9 个月拿到许可证。13 个月后，我们总共花了 350 万美元。我意志消沉，继续在噩梦般的官僚机构中游走，眼睁睁地看着钱蒸发。有一天，《华尔街日报》记者蒂莫西·艾佩尔（Timothy Apple）联系了我："我们听说你正在筹备一家制造工厂，但没有得到任何支持。是这样吗？"

脆弱的我一五一十地分享了眼下困境。第二天，也就是 2011 年 5 月 5 日，《华尔街日报》的封面故事写道："蜡烛制造商被点燃了。"文章以幽默的标题和详细的故事描述了我遇到的监管问题，还放了一张我和同事戴尔·威廉姆斯（Dale

Williams）的照片，戴尔是家居行业的资深人士，担任千诗碧可首任首席运营官一职，也是这次工厂改造的大功臣。照片里，我们俩正在研究工厂平面图，神情严肃。

图 5-2
首席运营官戴尔·威廉姆斯（右一）在筹备美国工厂时露出了气馁的表情（摄于 2011 年）

《华尔街日报》的文章没有缓解许可证问题，但确实提高了我的知名度。几年后，众议员赵美心邀请我到政府的小企业委员会做证。赵女士是美国国会第一位华裔女性众议员，2009年代表民主党在加州第 32 选区当选。当她邀请我去谈谈美国制造业现状以及回流挑战时，我不假思索地答应了。

2014年3月13日，我和雪莉·米尔斯（Shirley E. Mills）一起在国会听证会上做证，她曾任职于波士顿顾投公司和高盛，专门研究美国工业和公共事业。我们都认为，为了保持国家竞争力，政府需要支持寻求回流的小企业。我们建议联邦政府和州政府发起一站式服务计划，简化监管流程，营造良好的商业氛围。听证结束后，赵女士和米尔斯需要离开，留下我、汤姆·赖斯（Tom Rice）及其同事。汤姆·赖斯是委员会主席，是代表南卡罗来纳州第7选区的保守派共和党人。这些国会议员和其助手都是共和党人，清一色的男性，他们邀请我一同去国会山附近的一家小餐馆聚餐。一致说："不管我们说什么，没人会听共和党的，他们只在意奥巴马。"

这些人的声音带着一丝绝望，还有共和党再也不会入主白宫的沮丧。我很想表达一些观点。毕竟，选举有强烈的周期性，执政党会不断交替。但我没有安慰他们，因为党派偏见不是主要话题。那天晚上，我说，我们需要扩大讨论范围，敦促他们重新思考全球主义，利用制造业来推动创新和保护专利，提供另一种教育形式，这样年轻人就可以以学习贸易为荣，而不是负债去支付昂贵的大学学费。

和总统聊点什么

2011年6月，我终于拿到相关许可证，工厂开始投产，但担忧并未结束。第一个障碍是管理不熟悉蜡烛制造流程的工人。第一批工人包括非裔美国人、亚洲人和拉美裔美国人，还有移民和美国白人，大部分都是四五十岁。事实证明，他们是一支优秀的劳动力队伍，能够操作叉车和学习装配线，即使还无法掌握先进的德国机器。

管理这支能干的队伍需要强大的领导和管理人员，这些人必须了解蜡烛制造这门艺术和科学，培养多面手专家，统筹生产线（比如一条用于单芯蜡烛，另一条用于多芯蜡烛），监管操作的生命周期，包括从托盘卸下玻璃，到蜡烛冷却，再到包装。我们需要会筹划的人：把蜡填充到平底玻璃杯，制定玻璃杯在地板上的移动路线，这样到达终点时蜡就已经呈半固体状。虽然我负责敲定颜色和香味配方，但现在需要懂数学和化学以及能够主动发现机器监控器中温度异常的实验室专家；需要了解颜料和染料与不同的混凝土、玻璃和陶瓷容器，以及与500多种香氛相互作用的化学家。某些竞争对手已经实现了高度自动化，只需要几名工人操作车间机器，而我需要能够培训100名员工与机器相互协作的领导者。

由于没有这种领导力,美国工厂开办的头两年是我一生中压力最大的时期。虽然我们已经运作了15年,但此时的千诗碧可依然像是一家初创公司,遇到了新公司常见的困难。每次经济衰退时,消费者对蜡烛的需求都会激增,希望这种负担得起的奢侈品能够照亮自己的家,以及改善国内严峻的金融形势。然而,由于缺乏管理人员,我们无法培训工人,导致供应不足、质量不佳,甚至成本增加。

在那两年里,理查德和我每月召开一次管理会议,但总是为了处理坏消息:玻璃杯打碎、标签贴错、温度过高导致蜡冒泡。在供应方面,我们需要更多原材料来为像"秋假"这样的热门季节做准备,此外,经济衰退期间出台了新的库存管理要求,我们必须支付仓储费用。王勇每个月在审查财务状况时,脸上都会带着恐惧的表情说:"我们什么时候才能停止亏损?"

我也非常绝望,但还是像之前那样鼓足勇气。美国工厂没有带来越南工厂那时的丰厚利润,甚至要入不敷出了。截至2011年,我们已经投入了600万美元的自有现金,公司士气到达低谷,尤其是年轻的销售团队。他们收到客户的质量投诉时倍感绝望,主动去找产品经理查明生产问题,场面一度剑拔弩张。

一切在我受邀参加白宫的一次论坛时出现了转机。2011年年末,我接到波士顿咨询集团(Boston Consulting)的电话,问我是否愿意和其他首席执行官一道,与奥巴马总统、乔·拜登(Joe Biden)副总统、白宫经济委员会和其他相关政府机构讨论回流和美国制造业的问题。我接受了邀请。2012年1月,我第一次来到白宫,穿了一套淡紫色西装,和劳斯莱斯、西门子北美公司、杜邦和英特尔的首席执行官们一起来到了行政大楼。准备入座长圆桌时,我发现一头是我的名字,另一头是福特首席执行官马克·菲尔兹(Mark Fields),中间隔着两个空位。

奥巴马总统和拜登副总统进入房间后,巡视了一圈,和每个人握手。"你好,徐梅。"奥巴马看着我的名片说,然后坐在我的右边。拜登和马克·菲尔兹坐在他的另一边。

我希望能在那次论坛上说,自己为推进美国制造业做了很多事情。但事实上,其他人在讲故事时,我有点昏昏欲睡,迫切需要咖啡。正当我无比渴望咖啡因时,一名助手走进房间,将一杯咖啡放在奥巴马总统旁边。奥巴马是左撇子,所以咖啡的位置有点微妙。我本能地伸出右手准备去拿,但意识到这是给总统先生的,中途又缩回去了!

图 5-3
奥巴马总统邀请我到白宫为美国制造业的振兴做主题分享（摄于 2012 年）

轮到我分享在美国创造就业机会的故事时，奥巴马转向我说："徐梅，你有什么故事？"我没有提到工厂，而是开始讲述自己的生活，讲述我上寄宿学校准备成为一名外交官，以及到达美国时看到"外星人"标志后期待看到外星人的故事。

我突然意识到自己完全跑题了，毕竟主题是商业振兴。为了尽快调整过来，我转向奥巴马问："总统先生，您认为秋季最畅销的香味是什么？"

"南瓜。"他回答道。在温和地纠正他后（详见前一章），我冲他笑了笑，说："没关系，总统先生，您可以来管理我的工厂。"

他向我这位善意的"蜡烛女士"（据说是他给我起的绰号）投来一个微笑。

撇开幽默不谈，那天的论坛其实释放了一个重要信号：美国高层相信，即使像我这样的小公司也能把工作带回美国。在离开会议前，我谈道："对世界上的其他国家来说，'美国制造'这一标签是有意义的。它代表了高质量、稳定性和职业操守。我想看到更多这样的标签。"

正是对这种信念的执着，我才能忍受亏损的日子，坚持这个梦想。直到今天，这种信念依然伴随着我。

我很高兴自己坚持下来了，因为约从2013年起，形势发生好转，我在"美国制造"上的押注终于获得回报。马里兰州附近就有一些全球最创新的香氛供应商，散布在大西洋沿岸。于是，我开始与更多小众和精品香氛公司、工厂合作，进行小批量订单测试。与这些小团队紧密合作，我可以不断调整配方，保证品控。这是漫长供应链中需要大订单的公司无法给予我的。

美国也为我们提供了像蜡这样更标准化的原料。之前，我谈到使用中国石蜡的困难，从中国炼油厂运来的石蜡矿物成分和产品质量时而参差不齐。这些年来，我不断试验蜡配方，甚至使用了非石油替代品，如蜂蜡和大豆油。为了保证产品稳定和性能，我们主要还是使用从中国采购的石蜡，但问题在于，石蜡价格年年上涨，大块石蜡运到越南时偶尔还夹杂着泥土和矿物质。美国工厂投产后，我开始从得克萨斯州的精炼厂采购蜡，还有大豆，采用液罐运输。事实证明，液罐运输还有意想不到的作用。我很快发现，美国石油和天然气行业遵守着严格的提炼规定，可以保证蜡的质量，进而提高蜡烛性能。现在，我终于不需要在熔蜡的时候去检测是否混入了瓦斯，可以全身心地调香，让蜡或蜡和大豆的混合物传达出微妙神秘的香味，就像之前的氧基（或臭氧）蜡烛那样。

通过热散香和冷散香，我可以测试美国蜡的质量是否优于亚洲蜡。在蜡烛制造工艺中，冷散香指的是蜡烛点燃前的气味，热散香指的是点燃后的气味。顾客在塔吉特或布鲁明代尔选购蜡烛时通常会进行冷散香测试，买回家后再进行热散香测试，在客厅或浴室点燃蜡烛评估香味的效力和质量。我们所有工厂的工艺都进行了更科学的升级，根据 5 分制评估香味浓度。

"从1到5，冷散香有多浓烈？"我经常会问克里斯特尔·贾丁（Christelle Jardin）这个问题，她是我在美国的第一个调香师，曾在法国培训过。

把工厂搬到美国之前，冷热散香的测试结果都在3~4分，而现在，测试结果稳定在5分。为了保证香味的稳定性，我也考虑了可能会影响评估的主观偏见。比如，如果你不喜欢某种香氛，可能就会给出一个极端的评价，这种喜好很明显，不需要过多思考。如果有人明明不喜欢薰衣草香，却打了5分，这种分数就不作数。开展市调时，美国本土的焦点小组也会参与测试。去除所有极端评价后，消费者喜好和我们工厂测试结果基本趋同，我也越来越有信心。

保证品质稳定后，我们能进一步完善品牌的嗅觉标志。香氛一直是千诗碧可创新的关键，在美国建厂后，我组建了一个由10至12人组成的内部香氛委员会。为了让鼻子保持最佳状态，我还邀请了香氛供应商来测试委员会成员，看看谁的嗅觉最敏锐。除了要求委员会参加冷热散香测试外，我还让他们去识别无名样本气味中的香气。作为一名超级品尝者，我有时能嗅到玫瑰、桉树和薄荷等次要气味。一旦发现有人能像我一样识别出配方中前三种香调，或者更多，我会立即招募他们加入香氛委员会。

奥菲利娅·梅尔德内（Ophélia Meldener）能察觉到最微妙的气味，2011 年，我聘请她担任香氛经理，之前是克里斯特尔（2005 年前后任职）。如果说克里斯特尔帮助我们创建了一个主打香氛的庞大王国，奥菲利娅则是我们品牌"香氛优先"的坚定拥护者，是她让公司成为全球的创新佼佼者。虽然我有超级品尝者的遗传优势，但奥菲利娅有出生于法国格拉斯郊外一个小村庄的地缘优势。她确实受过专业训练，也许她的家乡才是最伟大的老师，终年盛开的花海就是最生动的课堂。在很小的时候，奥菲利娅就学会了辨别迷迭香、百里香和罗勒的风味，可以将它们从柏树、松树和其他树木气味中区分开来。她记得薰衣草在早春盛开，无花果在夏季丰收，以及含羞草在冬天的美丽样子。

奥菲利娅为人低调，而我生性张扬；她在欧洲养成了敏锐的嗅觉，精通技术，但我总是有一些奇怪的创意，喜欢在旅行中寻找灵感。看似两个世界的人，聚到一起却成了对气味敏感的灵魂姐妹。如果我们在旅行途中忘记自己身处何方，就会玩一个小游戏：闭上眼睛，让这个地方的嗅觉信号来告诉我们。法国南部充满芳香，纽约则有一股沙砾的气味，迈阿密也散发出潮湿的咸味。

除了吸纳创造性人才,我们还邀请了越南工厂的工程师和经理,来协助美国工厂管理工作流程。我们逐渐掌握了技术,学会了德国机器的操作、保养细节,以及在旺季什么时候让机器休息。我们还学会了操作灯芯机,有一天发现,原来前几年我们一直在用残次胶水来固定蜡烛底部的灯芯。随着后端操作的改进,前端销售团队来工厂更加频繁,与设计团队沟通,让机器实现他们的想法。这一直是我期盼已久的:团结所有部门,尤其是制造和设计部门,一起迈入创新和质量的最高境界。

2013年前后,塔吉特独家香氛系列"家居香气"的销量取得了惊人突破。家居香气是越南工厂最具创意的系列,也是我们把工厂迁回美国的原因之一。销售数据显示,工厂还在越南时,塔吉特每周能卖出该系列1500支香草味的罐装蜡烛。2013年变成了4000支,而且这次是"美国制造"。我们提升了质量,实现了规模经济,消费者也注意到了这一点。消费者非常聪明,可以看到或闻到不同质量的美国蜡和香氛,同时又享有不变的价格。从2013年开始,我们凭借更高的销量和更好的质量,继续推动创新,尤其是实现了真正的增长。我们的设计、采购和营销都反映出千诗碧可的品牌形象:产品优质、价格实惠、亲近自然。

家居香气受到市场肯定后，我对质量的承诺和对制造的热情终于开花结果。我喜欢看一排排玻璃容器在工厂流水线上滑行，肉桂红或海洋蓝的香味在空气中浮动，然后到达装配线终点，像士兵向指挥官敬礼一样整整齐齐。在工厂，我看到生产过程中的化学和物理反应，当滚烫的液体蜡遇到冰冷的玻璃时，玻璃容器会结霜；加热玻璃会稍微改变蜡烛纹理。这些细节是我们成功的关键。千诗碧可的规模从来都不及竞争对手，但奇妙的蜡烛纹理（磨砂或光滑），再加上独特的气味，让我们在市场上脱颖而出。

之前，我的策略都是一小批一小批生产，这样扔掉冷散香测试仅为3的那一批也不心疼，但从2013年开始就没必要这样做了。事实证明，美国工厂的品控确实更好，很少出现质量问题。质量的重要性不可撼动，每次我向大型连锁店（如塔吉特）提出涨价，通常都会得到满意的答复，只要我能保证质量，按时交货即可。

与在越南不同，现在我参加谈判时多了筹码。金融危机最糟糕的时期已经过去，但是消费者还是疯狂购买我们的产品。"美国制造"不是一个营销噱头，顾客喜欢千诗碧可，因为美国制造本身也是品质的保证。最棒的是，后来的创新让我收获了最大的胜利：心灵与身体的结合。

让情绪更"亮"一些

大部分主要蜡烛系列和想法都源于我天马行空的创造力、异国旅行和欢乐的时光。当然，也少不了马里兰州团队每周五下午的例行"蓝天"会议，大家会提到在国外喝到的鸡尾酒，逛过的各种艺术展、设计博览会和精品店。不过，"心灵与身体（mind & body）"系列的灵感不在此列。"心灵与身体"是我退休前推出的最后一个系列，也是我最自豪的产品之一。可以说它是我挣扎与伤痛的产物。

2015年是压力之年。我和王勇已经办完了离婚手续，空余时间，我穿梭于贝塞斯达（Bethesda）和华盛顿市中心，载着两个儿子——亚历克斯（Alex）和迈克尔（Michael）去参加足球比赛、生日聚会和成人礼。我依然记得，周六早上睡眼惺忪地醒来，强撑着准备孩子们体育运动要用到的装备和零食。有一次，疲惫的我甚至把一个孩子送到了另一个孩子的赛场。

2015年初夏一个酷热的下午,我驾驶在布拉德利大道(Bradley Blvd)蜿蜒的单行道上,准备带孩子去贝塞斯达参加当天的第三次足球训练。可怕的事情发生了,我差点撞上一名司机。对方重重地按喇叭,向我竖起中指。后来,我停到路边,无力地把头靠在方向盘上,脑海里浮现出自己的日程表,上面都是没完没了的会议,还有学校活动和儿子的娱乐活动。

我教育儿子要努力学习,与人为善,但我每天一睁眼就要应对压力和混乱,焦虑和发火更是家常便饭。所以,我没有教他们要去关注自己的需求,也没有优先考虑自身健康和自我照顾。那次的车祸似乎敲响了警钟:是时候改变了。从那天起,"心灵与身体"系列慢慢成形。

我需要直面内心深处的情感需求和健康状况,而不是一味地迎合他人。我总是担心未来,但现在需要好好审视当下。也许我不是个例。瑜伽之所以在全球如此流行,是因为强调重回本心,直面个人需求。正念和冥想等修行方式备受欢迎,也不无道理。很多人可能意识到,自己成了科技设备和工作的奴隶,渴望欣赏和活在当下。这款新系列浓缩了我个人旅程和对回归本身的精神追求,其他压力缠身、倍感疲惫的人,尤其是女性,也在追求这种回归吧。

就在饱受痛苦和反省之际，我发现了一个大趋势。消费者开始更加关注食品健康，不惜花重金购买当地的有机产品。化妆品公司也不甘落后，推出了不含有害成分、不经动物测试的清洁美容产品，汽车行业则继续开发绿色电动和自动驾驶汽车。这些都是庞大健康产业的一部分，健康产业价值万亿美元，强调能源、食物、美容和时尚的纯净性。为了加入这一潮流，我筹划了一个价格实惠的系列，使用大豆蜡让情绪更"亮"一些，使用最高品质的精油让心情更"美"一些，从而改善人类健康。

接下来的一周，我告诉设计团队要为新征程做准备：公司将进入健康行业。首先，需要深入研究芳香疗法和色彩疗法，协调一系列情感，如和谐、平静、明晰，以及香味和色彩的平衡。如果缺乏坚实的科学基础，想让香味和颜色的组合唤起平静、和谐和自我关怀等情感可能会让其他人觉得"不入流"，或者是自我感觉良好的伪科学。

法国调香师奥菲利娅精通气味的化学性质，英国设计经理丹尼斯·瑞安（Denis Ryan）擅长平面设计，我们年轻而有才华的团队兴奋地听着这些想法，他们都无比赞成"心灵与身体"系列的理念：通过精准"着色"和"加香"人类情感，唤起内心健康。不过，前方依然困难重重，因为芳香疗法和色彩疗法一直不被学界和公众重视。

香味可以影响心情，比如肉桂令人兴奋，薰衣草令人放松；同理，颜色也会对心理产生深远影响，所以，大部分人凭直觉就能理解色彩疗法的原理。在许多文化中，红色是至关重要的颜色，代表爱和激情。蓝色是海洋和天空的颜色，象征和平。下次你去医院的时候，可能会发现墙壁刷成了蓝色，因为蓝色有镇静作用。

色彩治疗师利用色彩联想来帮助人们治疗精神疾病。在某些诊所，病人进入房间时会发现周围一片深蓝，感觉像生活在水下一样自由自在；其他情况下，房间完全是橙色的，让病人联想到吃水果、与朋友打闹放松。某些色彩联想深深植根于人类进化史，另一些则随着社会准则而改变。例如，千禧粉的流行表明，性格边界变得更加模糊，男孩也可以喜欢粉色，而女孩可能会被过去男孩喜欢的黑色和灰色吸引。

有了美国工厂，我现在可以试着结合芳香疗法和色彩疗法，至少在技术上没有问题。虽然自 2005 年推出 Spa 系列后，我就开始尝试芳香疗法，但对原材料的质量缺乏信心，无法在亚洲工厂生产出真正的芳香疗法系列。现在，我可以保证质量，严格控制颜色和香味的纯度，打造出理想的颜色、质地和香味

· 191 ·

组合。

我们整整花了一年的时间制作出香味和色彩规划图，对应健康的情绪，如和平、力量和欢乐。每周二下午，设计团队和我一起做单词联想练习，将情感与香味、色彩搭配起来。奥菲利娅熟练掌握了色彩、香味、情感这一复杂的三角关系，与团队其他成员一起克服了某些色彩联想的禁忌和限制问题。

例如，檀香永远不会是亮绿色，必须搭配像棕灰色这样的中性色调。但我们最终认定，绿松石色（蓝绿色）可以代表人与自然、水的和谐共处。仅仅有蓝色是不够的，还需要加入一点积极向上的绿色，传达出人与太阳、月亮、风、水的平衡感。绿松石色让我想起了墨西哥和加勒比海的沙滩，和谐的感觉扑面而来（相比之下，地中海和大西洋暗含更深刻的情感，比如激情和愤怒）。不过，最大的挑战仍然是追踪香味对情绪的影响，这款绿松石色也不例外。最终，我们决定搭配睡莲香和梨香，这是一种结合了臭氧调的植物甜味。

绿松石睡莲、梨香薰蜡烛是整个系列的基础，我们又开发了第二种香味，搭配美丽纯净的白色，散发出平和宁静的光辉。把情感转化为香味非常困难，我们在开会时还想到了茉莉花香。从亚洲传到西方的过程中，茉莉花已被赋予了冷绿色。于是，我们创造了羊绒茉莉香味，打造更轻盈的感觉，呼应内心的宁静和温暖。之后，我们又研制出"自信+自由"，这是我迄今为止最大胆的设计，由橡木、苔藓和琥珀组成，也是我一直以来最喜欢的香氛类别：男士古龙水（东方香水）。这支被渲染成法国蓝的蜡烛，就像是装在设计师瓶子里精美奢华的香氛。

令人惊讶的是，紫色成为爆款。我们有三种蓝色，分别代表"反思+明晰""自信+自由""平衡+和谐"，现在需要一种不同的颜色来表达"喜悦+欢笑"。紫色似乎是最理想的颜色，配上无花果和羊绒香。我之前提到过，美国人不喜欢纯纯的无花果香，但加入其他香味后就能产生意想不到的效果。把鼻子贴近新鲜的无花果，你会闻到一阵愉悦的气味：麝香味多于水果味。无花果闻起来很温暖，但没有过分女性化。商店里通常卖的是无花果干，但我们往里面添加了其他香味来匹配紫红色（这也是无花果新鲜果肉的颜色）。最后，"喜悦+欢笑"调和了黑醋栗甜酒（来自黑醋栗）和李子花蜜，还加入了精致的玫瑰和大丽花香。花香和果香的比例恰到好处，快乐和谐扑面而来。

为了更好地驾驭和传达这些情感，我们选择了磨砂玻璃。这种半透明容器像是一座私人避难所，上面的木盖则传达出大自然的温暖和本真。为了让这一系列更加清新简约，我们决定不贴标签，而是直接用丝网印刷上深灰色字体。

这一系列需要冠上惊艳的名字。之前有塔吉特"家居香气"，以及另一款热卖的"传承（Heritage）"，现在我们又需要动动脑筋，这个名字要让我们的团队、采购员和消费者只看一眼就明白，这是千诗碧可最成熟、最深刻的故事。最后，我们选择了简洁有力的"心灵与身体"，小写字母印刷，传达出轻松、极简的感觉。

这一系列有八种独创香味、颜色、情感组合，简单优雅，现代又富有思想，适用于每一个想要开启或坚持个人幸福之旅的人。我们还推出了相应的芦秆香薰系列。而且，这也是我们第一个用人体模特打造一场视觉效果的品牌，来讲述"心灵与身体"的故事。我们给模特们拍了几组照片，根据照片创造出一个莲花坐姿的女人，背对观众，整体呈黑白色。"心灵与身体"黑白字眼旁边是公司商标，在柔和彩色磨砂玻璃的映衬下，极其震撼。

作为健康疗法系列，"心灵与身体"适用于所有人，我没有与任何大型零售商签订独家协议，而是努力推广。为了确保公平竞争，更是坚持统一零售价，这样小商店就不会竞争不过塔吉特。

2016年，第一批蜡烛在工厂诞生，但大多数都有缺陷，我们一度担心要完蛋了。从技术上来说，这是公司迄今为止最大胆的时尚设计，我们从未在各种磨砂玻璃上印刷如此密集的文字。现在手头有40种不同颜色＋尺寸组合的玻璃杯，但产品质量参差不齐，只有20%是合格的。之前没有料到品控问题，也没有为生产和发货留出缓冲时间，于是，我们临时决定空运一些玻璃杯，第一批订单保量交付。

幸运的是，改进工艺后，第二批货的接受率要高得多，到了年底，我们的产品从高端货架区搬到了货架中部，塔吉特蜡烛谷里有一个专门的四英尺空间摆放着"心灵与身体"系列。产品一经推出就反响热烈。回顾这一年，所有的问题和压力都烟消云散了！仿佛是触动了消费者的神经，这一系列畅销至今，在香薰界，直到现在还是设计和销售的天花板！

"心灵与身体"是我最成功的产品系列，为公司盈利做出了巨大贡献，还将品牌知名度推向了新高。香氛行业称我们是第一家拥抱健康潮流的蜡烛公司。健康行业包括锻炼、食品、设备等，每年收入3.5万亿美元，而蜡烛产业大约只有20亿美元。我很早就发现了这一趋势，凭借香氛和蜡成功加入其中。2014年，我开始设计该系列时，塔吉特决定要在婴儿、设计和健康产品上与沃尔玛一争高下。在营销这三类商品方面,塔吉特付出了巨大努力,最终超过了像沃尔玛这样的竞争对手。事实上,这一战略更是让塔吉特在亚马逊时代能够和它竞争并蓬勃发展。及时加入健康潮流对塔吉特和我都意义重大,这也是我迄今为止最有意义、反响最好的尝试。

这一系列成功帮助工厂提高了销售额,还增加了零售渠道。我们工厂可以生产出卓越实惠的产品,打造最佳工艺,深入创新,同时不断提升品质。我一直在追求极致的创新,想让普通消费者都买得起奢侈品,而现在,"心灵与身体"系列大获成功,更是在市场激起了情感上的水花,我的梦想终于实现了。感谢马里兰州的工厂,千诗碧可的产品质量和潜力达到了最高境界,"心灵与身体"系列的问世,更是让我们收获了消费者和零售商的认可。

工厂仍是见证奇迹的地方

2011年9月,奥巴马在国会发表演讲,盛赞了本土制造的好处:

"如果美国人可以买起亚和现代，我也希望看到韩国人开着福特、雪佛兰和克莱斯勒。我希望看到更多的产品都印着四个自豪的字眼：'美国制造。'"

特朗普上台后呼吁振兴美国制造业，引起了全体选民的共鸣，大家都渴望美国在制造业上自力更生，能涌现出更多蓝领工作。听到两党的一致支持确实令人兴奋，但我清楚地知道，这种崇高言论与现实是背离的。

部分问题在于文化和教育。相较美国，日本、德国和意大利等国家非常推崇"制造"，制造业的社会地位要高得多，而且，它们没有专门要求年轻人攻读昂贵的四年制大学学位，而是提供了各种实习和其他实践机会，这是我当时想学习室内设计和家居香氛时梦寐以求的。现在，我希望自己的工厂能为年轻人提供这些机会。

企业界也有责任。大型跨国公司领导人在考虑制造时往往注重成本和竞争力，觉得制造环节不能推动创新，应该要外包出去。根据我的经验，本国制造的成本确实昂贵。但是，当企业领导人如此悲观地看待制造业时，就无法利用实地知识和设计来解决问题，更别说创新产品和服务了。这就是我说的"设计领导力"。

我注意到，在第一代大型科技公司里，确实有企业把设计放在首位，也涌现出了杰出的设计带头人，但很少有设计师是董事会成员，或者在航空航天、能源、制药、汽车和半导体行业担任高管职位。随着更多有远见、更具设计前瞻性的公司创始人退休，受过传统训练的经理们取而代之，到时候，所有人都会贬低制造业，进一步阻碍创新。

只有把设计和制造结合起来时，我才能推出像"心灵与身体"这样热度不减的创新产品。在经历了财务困境和各种不确定性之后，美国工厂在千诗碧可最注重设计、创新和盈利的时期诞生了。一旦出现新想法，我从不外包给海外，而是交由自己的工厂生产，直到想法变成现实。这种做法不仅消除了质量问题，还能提高效率，因为我知道哪个环节可以节省，哪里需要花钱来微调设计。工厂也化身为创新之地，而不仅仅是干粗活的地方，它架起了想象力和执行力的桥梁，成为学习和知识的中心。简单来说，工厂是见证奇迹的地方。

您的公司是否面临生死考验？如果有，试着去改变商业模式或生产地点，公司可能会起死回生，再次壮大。千诗碧可的中国工厂陷入困境时，我们搬到了越南，利用当地友好、低成本的商业环境推动了新一轮的产品创新。

如果计划将制造外包给海外工厂，请三思而后行。千诗碧可的美国工厂证明，只有结合创新和制造，我才能发挥、升华创造力。

自产自销的成本会很高，尤其是在美国，但知识产权盗窃和其他问题将大幅减少，同时也能提高产品质量、推动创新和保护环境。

为了保持竞争力，美国必须营造一种新型的教育和商业氛围来鼓励有创意的制造商，以及一种崇尚"制造"的文化。

结　语

千诗碧可的美国工厂投产后,美国教育部的一位高级官员来到这里,与当地商界领袖共同举办了一场职业培训活动。参观工厂会见工人时,这位官员漫不经心地说了一句:"我不希望内衣厂回到美国,这些工厂可以留在中国和墨西哥。"

作为消费品牌的创始人,我不禁皱眉。我们刚在美国建厂,创造了 100 多个就业岗位。蜡烛像内衣一样,也属于低估值、非技术驱动的制造业。这种看法一直困扰着我:当年在国内寻找投资和供应商时,大家都不买账,对我的小批量需求和"不稳定"的雪花纹理感到不满。后来,我准备把工厂迁回美国时,这种反制造业的偏见依然如影随形。那时候,美国出现了振兴制造业的呼声，但像我这样的企业准备回流时，当地官僚机构又极不配合。

那天在工厂，我也意识到，这位政治家的言论反映出美国创业和制造业的核心矛盾。美国公司在 20 世纪 70 年代开始将工厂设在海外后，"二战"后的繁荣景象就开始消退。之后几十年里，大家对创新的理解越来越狭隘，逐渐局限于计算机硬件和数字技术。当今美国，技术创新公司及其高新技术工作在文化中占据至高无上的地位，而内衣等消费品则被严重低估，外包到海外去。

美国如何才能打造一个全球化的新时代，让所有市场参与者受益？我的思绪又回到了内衣。美国的内衣制造业出了什么问题？我儿子还是小孩子和青少年时，由于内衣不合身，在体育比赛中表现不佳，原因和女性穿胸罩不舒服一样，市场上大部分纺织品设计还是 20 世纪 50 年代的。

大家没有在内衣等产品上进行创新，而是去压低价格，这对所有人都不利。我在书中谈到，我的大型零售商和蜡烛竞争对手遵循"最低价格，最高利润"这一原则，打造了一个无利可图、毫无创新和浪费资源的零售生态系统。零售商没有根据消费者的需求和痛点来推动创新，而是利用折扣来刺激需求。

结果呢？他们的利润下滑，消费者也只能凑合使用质量低劣的产品，比如穿着发痒勒人的内衣，等待下一次大促销。大家眼里只有价格，看不到创新设计，最终危害了企业、股东、消费者和我们的环境。

服装行业对低价的不懈追求催生了快时尚，像一些快消品牌很大程度上是模仿高端设计师设计的服饰。这些快消品牌通常会多生产50%的产品，实体店和线上店全是快速制作的廉价商品，库存永远充足，还会在季末大促销。促销快结束时，他们烧掉剩余产品，造成空气污染，有毒染料也会导致水污染和不必要的能源消耗。

也有一些企业家发现了商机，开始打造新型零售店，主打透明的产品来源、环保意识和时尚设计来吸引顾客。埃韦兰斯（Everlane）等服装公司没有在产品定价上与香蕉共和国（Banana Republic）和杰克鲁（J.Crew）竞争，而是将可持续性和高度透明作为市场优势：每款产品都会列出材料、劳动力和运输成本，供顾客在购买衬衫和裤子时参考。很多大型鞋类品牌都是靠名人代言和庞大的产品线来推动增长，但殴布斯（Allbirds）独树一帜，利用设计领导力来打造环保产品。像我一样，殴布斯的创始人也是从自然中汲取创新灵感，以新西兰绵羊毛为原料生产透气、舒适、耐用的跑鞋。殴布斯不搞营销噱头，专注富有质感的美利奴羊毛，消耗的能源要比使用合成材料的同行少60%，消费者在践行环保的同时，也享受了高品质的透气鞋子。

如果我们有勇气去建立和扶持像埃韦兰斯和殴布斯这样的公司，就能创造更具创业和创新精神的经济。这些公司不以价格为指挥棒，而是以设计为驱动，造福工人、消费者、供应商和地球。千诗碧可就是如此，一直在尝试不同的产品设计和质地。我的商业决策从来都是听从于设计创新，而不是价格。"心灵与身体"系列是我最引以为傲的产品，兼具时尚和永恒的特点，可以提升人们的健康和幸福感。这也证明，一个设计优先的中型公司可以在美国站稳脚跟。随着千诗碧可的成功，以及埃韦兰斯和殴布斯等零售商店的知名度不断提高，我乐观地认为，我们可以创造出更好的产品。

消费者支出占美国GDP的70%，所以选择权在我们手上：是支持可持续和透明的企业，还是在亚马逊购买最便宜的产品？请不要把这一观点误解为狭隘的保护主义，我相信供应链将会也应该保持全球化。我将工厂迁回美国后，开始与当地的精品小供应商合作，但还是从亚洲采购玻璃杯，从非洲、南美和欧洲采购香氛。我希望，美国消费者既不要支持狭隘的保护主义，也不要信奉无节制的全球资本主义。实际上，大家在溯源和采购产品时，应该从多个角度思考，这样，我们才能更有底气地设计和生产，鼓励那些以设计为驱动、考虑长远发展的企业。

如果大家在消费时都能三思而后行，同时给予制造业充分尊重，我们的经济将充满创造力和包容性。在这种良好环境下，公司自然会对内衣进行创新，思考如何为女性设计最舒适的胸罩、为儿童设计最透气的内衣。有人说，中国经济快速崛起，美国的好日子已经一去不复返。但按照我的设想，在质量上而不是价格上竞争，情况也许并不是这样。如果企业家能关注像蜡烛和内衣之类不起眼的产品，发现创新点（就像我 20 世纪 90 年代逛布鲁明代尔意识到美国家居行业的过时审美），并推出新的产品线，我们就能在未来几代里保持竞争力。

我在中国长大，当时整个社会宛如一座巨大的避风港。年轻的我怀有很多梦想，但从未想过自己的人生通往何处。从早期的奋斗到与奥巴马总统坐在一起，我终于明白，勇气、创新和一点点运气是实现创业梦的关键。